AF340575

LE PACTE DE FAMINE,

DRAME HISTORIQUE EN CINQ ACTES,

DE MM. PAUL FOUCHER ET ÉLIE BERTHET,

Représentée pour la première fois, à Paris, sur le théâtre de la Porte-Saint-Martin, le 17 juin 1839.

DISTRIBUTION DE LA PIÈCE.

PREVOT DE BEAUMONT, secrétaire du clergé....... MM.	MELINGUE.
MARCEL..	SURVILLE.
SAINT-VAL...	JEMMA.
BOYREL..	TOURNAN.
MALISSET..	MOESSARD.
LEREY DE CHAUMONT............................	EM. DUPUIS.
ROUSSEAU...	HÉRET.
ROBERT, porte-clés de la Bastille.................	MARCHANT.
UN COMMISSAIRE................................	AUGUSTE.
UN DOMESTIQUE de Prevot de Beaumont..........	VAUTHIER.
UN DOMESTIQUE de Malisset.....................	EUGÈNE.
UN HOMME DU PEUPLE..........................	HYPPOLITE.
PERRUCHOT, personnage muet.	
GOUJET Idem.	
Mme FIRMIN........................... Mmes	GEORGES CADETTE.
LOUISE..	THÉODORINE.
LA PETIT-PAS.....................................	JOUBERT.
MARIANNE..	EDELIN.
UNE SERVANTE....................................	ESTIENNE.

ACTE PREMIER.

Hôtel garni à Rouen. Salle commune à tous les habitans de l'hôtel.

SCÈNE I.

PREVOT DE BEAUMONT, des papiers à la main ; il regarde à sa montre.

Louise ne vient pas... elle devrait être ici déjà ; son regard me l'avait promis. Qu'elle vienne ! sa présence seule pourra calmer la fièvre qui me dévore... Sept heures à peine ; personne n'est encore levé dans l'hôtel... Quelle journée, grand Dieu ! mon avenir doit s'y décider deux fois... Ah ! Louise ! je ne me trompais pas, c'est elle.

SCÈNE II.

PREVOT, LOUISE, sortant de sa chambre.

PREVOT, s'avançant vers elle.

Louise !

LOUISE.

Ah ! je suis heureuse de vous rencontrer, monsieur de Beaumont... je ne m'y attendais pas... j'étais impatiente de savoir votre opinion sur le procès que ma mère et moi nous venons soutenir à Rouen, et dont, hélas ! toute notre fortune dépend. Avez-vous été assez bon pour jeter les yeux sur les papiers que je vous ai remis hier?

PREVOT.

Oui, et malheureusement je ne puis vous promettre le succès.

LOUISE.

Vous ne pouvez...

PREVOT, avec une profonde douleur.

Que vous dissuader d'entreprendre un procès dont les risques seuls sont assurés. Vous vous attaquez à un de ces hommes puissans qui font mouvoir la France entière avec des ressorts dorés, un de ces financiers qui achètent ce qui est au dessous d'eux et qui corrompent ce qui est au dessus... Vous et votre mère, pauvres femmes, croyez-vous avoir facilement raison contre M. Malisset, qui a su vous soustraire vos armes les plus importantes, et qui ne vous a laissé que des titres où l'irrégularité de la forme détruit la valeur du fond? Il m'en coûte cruellement de vous affliger; mais lorsque les espérances sont des illusions, c'est l'humanité qui veut qu'on les détruise, et l'amitié ne peut qu'en adoucir la perte.

LOUISE.

Mais vous-même, monsieur de Beaumont, n'allez-vous pas attaquer ces hommes si puissans en plein parlement, aujourd'hui même?

PREVOT.

Oh! moi, c'est bien différent, Louise... j'ai voué ma vie entière à l'accomplissement d'un devoir... j'ai assez de jeunesse et de fortune pour y dépenser inutilement quelques milliers d'écus et quelques années... Un procès, même perdu, est toujours un pas dans la route difficile et périlleuse que j'ai à suivre. Je ne demande que publicité, je ne cherche qu'une occasion d'élever la voix contre mes adversaires... Mais vous, n'allez pas tenter d'attaquer, avec de si faibles moyens, un de ces riches tyrans que la France entière est obligée de supporter en les maudissant.

LOUISE.

Mais savez-vous bien, monsieur, que ma mère et moi nous sommes ruinées? Le gain de ce procès pouvait seul assurer encore notre existence... nous sommes sans ressources.

PREVOT.

Sans ressources... sans ressources, Louise... Ah! ce mot est bien ingrat!... avez-vous oublié déjà ce que vous aviez daigné comprendre, et n'est-ce pas prononcer un arrêt bien fatal que de me dire: « nous sommes ruinées, » lorsque moi... je suis riche?

LOUISE.

Monsieur de Beaumont...

PREVOT.

Eh bien?

LOUISE.

Comment vous remercier de tant de générosité? mais l'excès même de cette générosité vous abuse... et cette union ne peut s'accomplir...

PREVOT.

Et qui pourrait donc l'empêcher?... quelques vains avantages de fortune et de naissance qui m'appartiennent et que vous seriez assez injuste pour invoquer contre moi? Qu'est-ce que ces obstacles pour nous qui sommes unis par nos sympathies pour le malheur, par notre haine pour les mêmes ennemis?... Louise, vous m'aimerez, n'est-ce pas? vous accepterez ma main et mes bienfaits, en échange du bonheur que je vous devrai?...

LOUISE, à part.

Oh! comment cacher mon trouble... (Haut.) Monsieur de Beaumont... de grace! ma mère m'attend, et je ne puis vous répondre... Croyez au sentiment profond d'estime et de reconnaissance...

PREVOT.

L'estime! la reconnaissance!... mais est-ce là ce que je veux? Vous ne me devez rien... rien qu'un peu d'attachement; je ne mérite aucun remerciment: vous défendre, vous protéger, c'est défendre, c'est protéger ma passion... mais ce sentiment est-il partagé?... pourra-t-il l'être?... Parlez!... Louise... parlez!...

LOUISE.

J'entends ma mère... De grace, monsieur, éloignez-vous; je vous reverrai, je vous ferai savoir... mais laissez-moi lui annoncer que notre procès...

PREVOT.

Eh bien! je sors. La cause que je vais défendre aujourd'hui nécessite quelques courses, quelques démarches; mais je reviendrai. Louise, pensez que vous tenez en vos mains le sort de ma vie entière...

(Il sort.)

SCÈNE III.

LOUISE, Mme FIRMIN.

Mᵐᵉ FIRMIN.

Tu es bien émue, Louise; qui donc était tout à l'heure avec toi?

LOUISE.

C'était... M. Prévot de Beaumont.

Mᵐᵉ FIRMIN, avec intention.

Ah!

LOUISE.

Oui, je l'avais rencontré ce matin par hasard, en allant porter vos ordres aux domestiques de l'hôtel. M. de Beaumont m'a remis ces papiers, et il m'a dit...

Mᵐᵉ FIRMIN.

Et il t'a dit?

LOUISE.

Qu'il n'y avait pour nous aucune chance de succès en attaquant un homme comme M. Malisset, avec des titres aussi irréguliers...

Mᵐᵉ FIRMIN.

Est-il possible?... mais nous sommes perdues!

LOUISE.

C'est ce que je lui ai dit... mais il prétend que nous ne le sommes pas encore...

Mme FIRMIN.

Et comment ?

LOUISE.

Ma mère, il faut que je vous fasse un aveu... Je suis bien coupable envers vous, car j'ai un secret que vous n'avez pas su. M. de Beaumont m'aime : il me l'a dit.

Mme FIRMIN.

Et toi, tu ne l'aimes pas, j'espère ?

LOUISE.

Ma mère, il l'ignore.

Mme FIRMIN.

Malheureuse enfant !

LOUISE.

Je vous l'avouerai, je n'ai pu me défendre d'une ardente admiration pour cet homme qui, riche et jeune, pouvait jeter sa vie à tous les plaisirs comme les autres gentilshommes de son âge, et qui l'a consacrée à la défense du peuple, à son soulagement. Il s'est créé des ennemis qui n'allaient pas le chercher, pour secourir des amis qu'il ne connaissait pas, entièrement préoccupé de ce qui est juste et beau, et non pas de ce qui lui est utile ! Ma mère, être aimée de cet homme, c'est un si noble bonheur que je n'ai pas osé m'y soustraire entièrement. Tout à l'heure encore... il m'a offert son nom et sa fortune.

Mme FIRMIN.

Et qu'as-tu répondu ?

LOUISE.

Rien, ma mère... je ne vous avais pas consultée.

Mme FIRMIN.

Du moins, tu n'as pas été imprudente jusqu'au bout. Louise, il faut oublier cet amour, ne plus songer à cette union. M. Prevot de Beaumont est noble, il est riche ; secrétaire du clergé, il peut arriver par son poste à tous les honneurs, comme a toutes les gloires par ses talens. Louise, accepter sa main, ce serait le séparer de sa famille, compromettre à jamais ses intérêts, l'arrêter dans sa glorieuse carrière... Refuser aujourd'hui, ce n'est même pas te sacrifier .. car plus tard tu aurais à te repentir toi-même d'avoir écouté un sentiment irréfléchi, et l'égoïsme du présent n'amènerait que regrets amers dans l'avenir.

LOUISE.

Oh ! jamais, ma mère ; si vous aviez compris, comme moi, cette âme généreuse !

Mme FIRMIN.

Malheureusement j'ai assez vécu pour savoir que la générosité humaine est à la merci des événemens... et sans vouloir ici douter de celle de M. de Beaumont, je ne veux point que ma fille chérie en risque l'épreuve. Un trop grand bonheur est encore une infortune, lorsqu'il n'est pas durable. Nous avons, à Paris, un frère de ton père qui peut nous

être utile, s'il le veut... et si sa conscience ne l'engage pas à nous secourir, l'opinion l'y forcera. Puisque le procès que nous venions soutenir ici est désormais sans espoir, aujourd'hui, dans quelques heures, il faut quitter Rouen... sans revoir M. de Beaumont...

LOUISE.

Sans le revoir !

Mme FIRMIN.

Ce seraient pour toi des tourmens inutiles ; d'ailleurs, j'ai d'autres raisons de m'éloigner... Comment pourrais-je être tranquille dans cet hôtel, lorsqu'y demeure ce chevalier de Saint-Val, dont les vices audacieux et les désordres sont si célèbres à Rouen. Il t'a remarquée, il ne te quitte pas des yeux... je crois même qu'il t'a parlé plusieurs fois...

LOUISE.

Oui, ma mère ; mais qu'importe, je ne l'aime pas, lui !

Mme FIRMIN.

La rencontre de tels hommes est dangereuse ; leur attention est déjà une flétrissure... et tiens ! je ne me trompe pas, j'entends sa voix ; cette voiture qui s'arrête, le ramène ici... il revient de quelque maison de jeu où il a passé la nuit, sans doute... Vite ! rentrons, Louise...

LOUISE, à part, avec larmes.

Et ne plus le revoir... oh ! c'est trop de douleur...

(Elles sortent.)

SCÈNE IV.

MALISSET, DE CHAUMONT, SAINT-VAL,
pâle, les habits en désordre.

DE CHAUMONT.

Maintenant, vous voilà chez vous, mon cher chevalier. Que Dieu vous garde, et pardonnez-nous de vous avoir gagné tout votre argent.

MALISSET.

Oui, nous vous devions bien de vous ramener dans notre voiture, après vous avoir dévalisé.

DE CHAUMONT.

Il fallait vous empêcher de passer sur le pont , à pied ; la vue de l'eau donne aux joueurs malheureux des tentations trop voluptueuses.

SAINT-VAL, à part.

Plus rien !...

MALISSET.

Il est réel que j'ai vraiment des remords. J'ai le malheur d'avoir un talent au pharaon.... je ferais sauter une banque tenue par feu Samuel Bernard... cela fait mon désespoir à moi-même ; je ne laisse pas à mes adversaires de quoi vivre.

SAINT-VAL.

Si ce n'était encore que cela... mais je n'ai plus de quoi jouer...

DE CHAUMONT, bas à Malisset.

Je crois que le moment est favorable pour

faire notre proposition... (Haut.) Vous pardonnerez à des ennemis en cartes, mon cher Saint-Val, de s'immiscer dans vos affaires... mais vous-même nous avez dit que les louis que nous vous avons gagnés cette nuit étaient les derniers de votre patrimoine.

SAINT-VAL.

Pardon... j'en dois encore cinq cents.

DE CHAUMONT.

Ce n'est pas là dessus qu'il faut compter... Eh bien, nous aurions besoin, dans notre grande entreprise, d'un homme habile...

MALISSET.

Oui, d'un homme fin comme vous.

DE CHAUMONT.

Qui... qui préparât les voies à nos entreprises, qui observât nos ennemis.

MALISSET, avec fatuité.

On ne peut avoir quelques talens sans ennemis.

DE CHAUMONT.

Et nous voulons vous proposer un moyen prompt et facile de vous refaire une fortune... c'est d'accepter, avec des appointemens de cinq cents louis, cet emploi de précurseur... d'auxiliaire...

SAINT-VAL.

Vous faites usage de beaucoup de périphrases, messieurs, avec un homme ruiné. Vous oubliez que le jeu de cette nuit ne m'a pas laissé, dans ma bourse, même de quoi avoir les oreilles délicates. Ainsi donc, parlons franc : vous me proposez de vous servir d'espion ?

DE CHAUMONT.

Fi donc !

MALISSET.

Ah ! mon cher Saint-Val, tous les emplois seront honorables dans l'affaire que nous avons tentée.

SAINT-VAL.

Cinq cents louis... on ne paie aussi cher, cependant, que des emplois à fonctions douteuses... Il paraît qu'ici l'honneur est par dessus le marché.

MALISSET.

Ainsi donc, vous acceptez ?

SAINT-VAL.

Doucement, comme vous y allez. Ce sont de ces propositions qu'on accepte le pied sur l'échelle d'un gibet, ou sur un parapet de rivière... et ici, vous voyez, je suis chez moi, fort tranquille...

DE CHAUMONT.

Et fort pauvre...

SAINT-VAL.

C'est vrai et je ne dirai pas que je reste pauvre et honoré... le premier de ces mots implique contradiction avec l'autre ; mais du moins, jusqu'à présent, si je me suis livré sans mesure à des peccadilles de gentilhomme, c'était pour mon plaisir ou mon utilité particulière... Je n'avais pas encore eu l'idée de mettre des vices en entreprise.

DE CHAUMONT.

Autant se servir de ce qu'on a.

SAINT-VAL.

On peut cependant se montrer difficile sur la manière... et puis (Gravement.), vous ne savez pas, il y a autre chose en moi maintenant... des sentimens inconnus contre lesquels je me suis révolté... contre lesquels j'ai cherché un refuge dans les orgies, dans le jeu, mais inutilement.

MALISSET.

Des sentimens ?

SAINT-VAL.

Oh ! il ne sert à rien que je vous en parle... vous ne les comprendriez pas... c'est tout au plus si je les comprends moi-même.

MALISSET.

Ainsi donc, vous refusez...

SAINT-VAL.

Je ne dis pas encore cela ; j'étais né pour être un profond politique, je ne sais jamais ce que je penserai dans une heure.

DE CHAUMONT.

Dans une heure vous nous rendrez donc réponse ?

SAINT-VAL.

Peut-être avant... Peut-être plus tard.

MALISSET.

Permettez-moi de vous offrir le premier quartier de votre pension... Oh ! vous pouvez accepter... c'est une restitution... ce sont les pièces d'or de cette nuit.

SAINT-VAL.

J'accepte à titre de prêt. (A part.) Je jouerai quitte ou double, et si je gagne, je me libère... Sinon... le destin le veut...

DE CHAUMONT.

Justement nous avons rendez-vous dans deux heures en cet hôtel, avec un certain Prevot de Beaumont, qui nous attaque devant le parlement de Rouen, nous, qui ne lui avons rien fait... un ami de l'humanité... un don Quichotte de bienfaisance.

MALISSET.

Un imbécile... Mais comme il peut parler et nous faire tort... nous lui avons fait demander un rendez-vous... et il nous attendra ici dans deux heures... en même-temps, veuillez nous rendre réponse.

SAINT-VAL.

J'espère le pouvoir.

MALISSET, à Chaumont.

Il est à nous... j'en suis certain... j'ai toujours le même bonheur au jeu. (Ils sortent tous deux.)

SAINT-VAL, seul.

Ces gens-là sont heureux... ils ont l'âme tranquille, ils sont forts de leur conscience... absente... Moi... je suis le plus à plaindre ; il n'y a d'existence supportable que pour ceux qui croient en quelque chose ou qui nient tout. Mais je doute encore... c'est là mon défaut, et, ce qu'il y a de pis, c'est que quand je vois cette jeune fille, je le sens, je voudrais croire...

SCÈNE V.

SAINT-VAL, LOUISE.

LOUISE, à part, sans voir Saint-Val.

Si je pouvais le revoir, il doit être rentré à cette heure. (Elle aperçoit Saint-Val, pousse un cri et veut se retirer.)

SAINT-VAL.

Non... restez... restez, je vous en prie... c'est une volonté providentielle qui vous offre à moi dans ce moment décisif... Cette solution de mon existence que je n'osais me demander à moi-même, je vous la demanderai à vous.

LOUISE.

Monsieur le chevalier, de grâce... (Elle veut se retirer.)

SAINT-VAL.

Restez, vous dis-je, en ce moment il n'y a de danger que pour moi... Louise, je ne vous ferai pas l'histoire de ma vie ; vous compteriez mes fautes et vous n'en sauriez apprécier les excuses... qu'il vous suffise de savoir que, si avancé que je sois dans ce que vous appellerez le vice, je puis revenir sur mes pas, pourvu que vous me donniez la main... Oui, j'ai éprouvé à votre vue des émotions qui m'étaient depuis long-temps impossibles, j'ai senti que la conscience n'est jamais morte en celui à qui il reste un cœur... et le mien n'a jamais aimé aussi ardemment (Mouvement de Louise.), aussi noblement qu'il vous aime. Cet aveu sied bien mal à ces lèvres pâlies par les veilles... Votre main tremble de toucher à ma main qui cette nuit encore usait ses ongles sur un tapis vert... mais, je vous le jure, cette passion du jeu n'était pas en moi un penchant, c'était pour mon désespoir une nécessité. A un amour comme le mien il fallait de fatales et terribles distractions ! je jouais... je jouais pour ne pas me tuer !

LOUISE.

Mais, monsieur... de grâce... qu'ai-je à répondre ?...

SAINT-VAL.

Mon arrêt. Si vous m'aimez, Louise, tout est encore possible pour moi, dans le bonheur, dans la vertu... et, si singuliers que paraissent ces mots dans ma bouche, l'avenir aurait légitimé, peut-être, le droit que j'usurpe de les prononcer. Un héritage que j'attends me garantit encore une petite fortune qui ne suffirait pas à quelques mois de ma vie actuelle, mais plus que suffisante pour un homme déjà riche de l'avenir que vous lui promettriez. D'ici là, pour vous nourrir, s'il le fallait, je revêtirais l'habit de drap d'un commis, le sarreau d'un ouvrier !... tout ce que vous voudrez, vous choisirez toujours mieux que moi. Ainsi prononcez, Louise... et si grande que soit la félicité que me donnerait votre amour, elle n'égale pas le mal que produirait votre refus ; et peut-être un jour, vous-même regretteriez-vous amèrement de l'avoir prononcé.

LOUISE.

Monsieur de Saint-Val, malgré l'épouvante que m'avait inspirée votre réputation, je suis touchée et reconnaissante que devant moi vous la démentiez à ce point ; mais je ne me crois pas assez de pouvoir pour changer ainsi les penchans et renouveler l'existence d'un homme... j'espère que cette révolution devra s'opérer d'elle-même... car je ne pourrais y contribuer.

SAINT-VAL.

Louise...

LOUISE.

Ma résolution est irrévocable ; je dois vous l'exprimer aussi sincèrement que mon désir de vous voir heureux, puisque vous vous montrez plus digne de l'être...

SAINT-VAL.

Mais, quel motif à tant de rigueur ?

LOUISE.

Votre confiance a du moins mérité la mienne... je puis vous le dire, j'aime...

SAINT-VAL.

Vous aimez quelqu'un ! maudit soit cet aveu... je n'avais qu'un sentiment doux au cœur et vous l'avez corrompu... Ah! quel que soit cet homme qui vous enlève à moi, ce sera sur lui que retombera ma vengeance, et ni obstacles ni délais ne l'y soustrairont, je vous le jure...

LOUISE.

Vous ne saurez jamais son nom. D'ailleurs, on ne peut être jaloux que du bonheur, et moi je serai toujours séparée de celui que j'avais choisi... je ne le reverrai plus... ma tendresse n'est pour lui qu'un malheur, si elle est partagée.

SAINT-VAL, à part.

Elle ne le reverra plus... ce n'est donc pas à Rouen qu'il habite. Oh! quel que soit cet homme, (Avec un geste de colère.) je le découvrirai, dussé-je y consumer ma vie. (A Louise, qui fait un mouvement pour se retirer.) Louise, Louise! par pitié, ne me laissez pas le temps de m'apercevoir de ma faiblesse.

LOUISE.

Monsieur, je ne puis que vous répéter ce que j'ai dit... mon cœur n'est plus libre ; veuillez m'en plaindre. (Elle sort.)

SCÈNE VI.

SAINT-VAL, seul.

(Il reste quelque temps atterré, puis il part d'un éclat de rire sauvage et convulsif.)

J'étais bien fou ! me faire homme à principes, quand j'ai là une centaine de louis... Allons donc, c'est bon à son dernier liard ! Je méritais bien d'être joué par cette petite fille qui me le paiera un jour, elle et son amant anonyme... J'aperçois Malisset et de Chaumont qui reviennent... Au jeu... morbleu! au jeu... il vaut encore mieux consulter cet oracle, que de se confier à une femme, on est moins souvent trompé, et si on l'est on demeure moins ridicule.   (Il sort.)

SCÈNE VII.

MALISSET, DE CHAUMONT.

MALISSET.

Monsieur Prevot de Beaumont n'est pas encore rentré; il ne se pique pas d'exactitude... attendons-le toutefois. Si l'on peut éviter qu'il parle aujourd'hui, je ne regretterai pas mes politesses à ce malotru... sauf à lui faire payer plus tard son orgueil.

CHAUMONT.

Oui, mais vous avez commis une imprudence, mon cher Malisset, vous avez laissé opérer une hausse dans le prix des blés le jour même où l'on porte dans le parlement une violente accusation contre notre système.

MALISSET.

Il m'était difficile de l'empêcher; mais bah! le parlement ne pourrait rien contre nous, quand même il se laisserait toucher par l'éloquence de M. Prevot de Beaumont. J'en conviens, il vaut mieux s'épargner des injures, même quand elles sont impuissantes... mais enfin...

DE CHAUMONT.

Silence! Voici le personnage en question.

SCÈNE VIII.

MALISSET, DE CHAUMONT, PREVOT DE BEAUMONT.

PREVOT, entrant, à part.

Ces hommes ici! Ah! je ne pourrai encore parler à Louise.

MALISSET.

Nous vous attendions depuis quelque temps, monsieur de Beaumont.

PREVOT.

Moi... c'était différent, messieurs, je ne vous attendais plus.

DE CHAUMONT.

Cependant, monsieur, vous nous aviez donné rendez-vous! Veuillez nous permettre d'entrer...
      (Montrant la chambre de Prevot.)

PREVOT.

Oh! ce serait inutile; si j'avais accepté une entrevue avec mes adversaires, messieurs, c'était dans l'espoir bien incertain, je l'avoue, de leur voir adoucir le sort du peuple, dont je ne suis que l'organe. Je viens d'apprendre avec étonnement une

nouvelle hausse dans le prix du blé... C'était dernier coup porté aux classes pauvres et vous ne pouviez vous flatter d'entrer par ce moyen en négociation avec moi.

MALISSET.

Mais vous nous accusez de malheurs qui arrivent malgré nous et que nous voudrions épargner à ces classes dont vous parlez. Vos paroles, en retentissant dans le parlement, pourraient nous faire tort dans l'opinion publique et faire douter même que nous soyons d'honnêtes gens, et ces bruits sont très pénibles à de paisibles financiers qui ne se sont jamais enrichis que par des profits légitimes, et qui tiennent à la considération de leurs compatriotes.

PREVOT.

Oh! en effet, j'ai tort de m'indigner à ce point; de quoi me mêlé-je? Vous êtes riches, vous avez de puissans auxiliaires, et, sûrs de n'être contrôlés que par l'opinion qui n'a pas de maréchaussée à son service, vous achetez, sous les noms de mille agens divers, tous les blés de la France; puis, lorsque le pain du pays est presque tout entier en votre pouvoir, vous revendez vos grains à un prix triple de celui auquel vous les avez achetés... Ah! c'est là le commerce le plus innocent... Il est vrai que des centaines de familles ne peuvent plus payer une livre de pain avec le travail de leur semaine entière; mais qu'est-ce que cela vous fait, vous avez bonne table, le peuple vend ses chaumières, mais vous vous bâtissez des petites maisons. L'ouvrière laborieuse et honnête met en gage ses robes et jusqu'à son lit... mais vous donnez une parure de plus, un mobilier de meilleur goût à quelque danseuse déjà gorgée d'or; les infortunés meurent de misère chaque matin dans les rues... mais vous êtes libres de vous enivrer tous les soirs; la famine désole la patrie... mais la prospérité est au comble, dans quatre ou cinq hôtels. Ah!... Pardonnez à mon originalité des accusations sans doute injustes; mais par malheur je suis fort opiniâtre dans mes préventions.

DE CHAUMONT.

Monsieur de Beaumont, vous oubliez que dans cette entreprise si calomniée, et qu'on a osé appeler *le pacte de famine*, on prélève, sur des bénéfices presque nuls, une somme de douze cents livres pour le soulagement des pauvres.

PREVOT.

Faire l'aumône à ceux qu'on affame! Quelle humanité! Centuplez cette somme, messieurs, et vous rendrez à peu près aux indigens l'intérêt de l'argent que vous leur prenez...

DE CHAUMONT.

Monsieur de Beaumont, si nous consultions notre dignité, cette entrevue en resterait là; mais votre intérêt seul nous guide maintenant, et nous devons vous donner un dernier avertissement: nous voyons avec douleur un homme de qualité...

MALISSET.

Un homme riche...

DE CHAUMONT.

S'engager dans une guerre injuste et dangereuse pour aller au secours de quelques misères inévitables dans une grande nation.

MALISSET.

Secrétaire du clergé, vous devriez avoir un peu plus de charité pour vos semblables.

PREVOT.

Mes semblables!... Monsieur Malisset, je n'ai pas l'honneur d'être le vôtre.

MALISSET.

Qu'importe la guerre que vous nous faites, vous n'avez pas de preuves contre nous

PREVOT.

Vous m'avouez vous-même qu'il n'y manque que cela ; j'en prends acte...

MALISSET.

Les parlemens sont à nous, la ville nous craint, la force publique nous protége.

PREVOT.

Messieurs, je m'adresserai plus haut s'il le faut.

DE CHAUMONT.

Quoi que vous fassiez, vous ne monterez jamais si haut que nous.

PREVOT.

C'est que peut-être jamais je ne suis descendu aussi bas.

DE CHAUMONT.

Monsieur de Beaumont, c'en est trop ; vous avez oublié en prononçant de telles paroles que nous portons tous deux l'épée... ou plutôt vous allez vous en souvenir.

PREVOT.

Une provocation, messieurs, je ne l'accepte pas. Vous tué, le peuple a toujours des ennemis ; moi mort, il n'a plus de défenseur. Vous voyez bien que cette rencontre ne peut avoir lieu. D'ailleurs la partie n'est pas égale... tous mes instans, tous mes soins ont à peine suffi au travail que j'ai entrepris, dans le but qui a été la pensée de toute ma vie... Je n'ai pas eu comme vous le temps d'aller ébranler les carreaux d'une salle d'armes, pour apprendre à tuer habilement. N'essayez pas d'attirer la guerre sur un terrain personnel, je ne vous y suivrais point. Dieu merci !... mon courage éclate assez seulement par la lutte que j'entreprends, pour n'avoir pas besoin d'en donner une nouvelle preuve, et si le malheur voulait qu'il fût soupçonné,

ce serait un sacrifice de plus à la cause que je sers. Non, non, messieurs, après avoir ainsi pressuré la nation à plaisir, vous n'en serez pas quitte pour vous défaire du parti ennemi tout entier, au simple moyen d'une botte de spadassin, long-temps étudiée d'avance ; ce serait vous faire absoudre a trop bon marché, et vous ne l'avez jamais espéré sans doute.

DE CHAUMONT.

Mais, monsieur...

MALISSET, à voix basse, à de Chaumont.

Laissez donc ce méchant homme, mon cher... il faut le mépriser, nous réussirons mieux avec Saint-Val... attendons-le...

PREVOT, haut.

Je ne vous retiens plus, messieurs. (A part.) Oh ! si je pouvais revoir Louise.

(Un domestique entre et remet une lettre à Prevot.)

PREVOT.

Une écriture de femme... serait-ce de Louise... (Lisant.) « Ma mère ne veut pas consentir à notre » union. Épouvantée de la disette qui se fait déjà » sentir à Rouen, ma mère me fait partir avec » elle ; quand cette lettre vous arrivera je serai en » route depuis long-temps, vous ne me reverrez » jamais. . Je vous aime... Louise Firmin. » (Avec abattement.) Ah ! malheureux ! c'en est fait de mon bonheur... il ne me reste plus que mon devoir...

MALISSET.

Il a pâli... comme il paraît triste et découragé ! cette lettre lui annonce quelque mauvaise nouvelle, peut-être l'issue nécessaire de la folle entreprise qu'il va tenter. Le moment est redevenu favorable pour lui parler, j'en suis sûr... J'ai toujours le même bonheur au jeu. (S'approchant.) Eh bien! monsieur de Beaumont, un rapprochement est-il encore impossible ?

PREVOT.

Voici l'heure de l'audience du parlement, messieurs.

MALISSET.

Ainsi donc, vous répondez à nos propositions...

PREVOT.

Trois mots seulement: guerre à mort !

MALISSET et DE CHAUMONT, répétant en riant Guerre à mort !

ACTE SECOND.

Une place publique. — Hôtel de Malisset à droite. A gauche, une pauvre masure. Un banc de pierre devant cette masure.

SCÈNE I.

(Marianne est entourée de quelques jeunes gens du peuple avec qui elle fait la coquette. Saint-Val passe de temps à autre dans les groupes. Ouvriers avec les outils de divers métiers, causant entre eux. Boyrel arrive, et, un instant après, Prevot de Beaumont.)

BOYREL.

Bonne nouvelle! mes amis, bonne nouvelle! notre fidèle protecteur, M. Prevot de Beaumont, il est sur mes pas... il revient à Paris : il ne nous avait quittés que pour plaider notre cause devant les parlemens ; mais le voilà, enfin!

VOIX DU PEUPLE.

M. de Beaumont! M. de Beaumont!

UN HOMME DU PEUPLE.

Lui qui m'a déjà empêché de mourir de faim!

MARIANNE.

Lui qui m'a fait habiller de neuf des pieds à la tête, hélas! il y a long-temps.

PREVOT DE BEAUMONT, entre en rêvant.

Je n'ai pu retrouver Louise... elle m'aimait, et elle ne cherche pas à me revoir... (Apercevant les ouvriers qui s'approchent.) Ah! songeons à ces malheureux... (Il fait quelques signes d'amitié aux ouvriers, puis s'avance avec Boyrel sur le devant de la scène.) Eh bien, Boyrel, comment supporte-t-on, à Paris, la nouvelle augmentation du blé?

BOYREL.

Fort mal, monsieur.

PREVOT.

Mais, dis-moi, ces pauvres gens sont calmes, n'est-ce pas? ils ne parlent pas au moins de vengeance contre les accapareurs?

BOYREL.

Vous le voyez, monsieur, ils sont tranquilles dans leur désespoir. Chacun pleure sur sa misère, un peu sur celle de son voisin, et c'est tout; les souffrances ont amené le découragement...

PREVOT.

Tais-toi, Boyrel... le courage consiste à savoir attendre, à savoir souffrir ; la violence est odieuse, Boyrel, même pour une cause juste, odieuse et imprudente toujours. (Entraînant Boyrel sur le devant de la scène.) Boyrel, avant de partir pour Rouen, j'avais compté sur toi pour recueillir encore quelques uns des papiers qui prouvent le crime des accapareurs. Dans ta bouche, des questions ne pouvaient attirer des soupçons que j'eusse excités moi-même; tu pouvais te glisser dans les bureaux, aborder les plus obscurs employés, les plus minces

commis, et je t'avais donné plein pouvoir pour disposer d'une somme considérable... Qu'as-tu fait? as-tu réussi?

BOYREL.

Tous mes efforts ont été inutiles. Cependant, je me suis lié avec Rainville, un commis du financier Rousseau ; il ne se défie pas, il ne peut se défier de moi, qui ne suis pour lui qu'un artisan simple et grossier. Aussi plus tard, peut-être... Mais à quoi bon, monsieur de Beaumont, acquérir de nouvelles preuves contre les accapareurs? la justice ne les a-t-elle pas vainement condamnés deux fois?

PREVOT.

Oui, Boyrel, deux parlemens, deux tribunaux suprêmes ont condamné solennellement, à Rouen et à Grenoble, ces hommes mystérieux et impitoyables qui affament aujourd'hui la France; mais les preuves ont manqué, et ces quatre bourreaux, Malisset, Lercy de Chaumont, Rousseau et Perruchot, atteints par le blâme qui flétrit leurs manœuvres, ont échappé à la vengeance qui les punirait.

BOYREL.

A quel moyen recourir, maintenant?.. nos ennemis sont si puissans!

PREVOT.

Il y a quelqu'un de plus puissant qu'eux.

BOYREL.

Qui donc?

PREVOT.

Le roi Louis XV.

BOYREL.

Le roi?... Mais vous ne savez donc pas ce qu'on dit parmi nous?

PREVOT.

Que dit-on?

BOYREL.

On dit qu'il partage, avec les accapareurs, le prix de nos sueurs et de notre sang, ce prix qui sert encore à séduire nos femmes et nos filles. On dit que le pacte de famine a été signé par lui, dans le Parc-aux-Cerfs.

PREVOT.

Essayons toujours...

BOYREL.

Mais si vous ne réussissez pas?... (S'animant.) Alors, n'est-ce pas, vous vous mettrez à notre tête! alors...

PREVOT.

Je ne promets rien... (Regardant les groupes qui se rapprochent.) Silence! et souviens-toi qu'un mot, comme une étincelle, peut quelquefois embraser une ville. (*Les gens du peuple entourent Prevot de Beaumont.*) Mes amis, du courage... des temps meilleurs viendront sans doute ; des hommes justes et puissans travaillent pour vous nuit et jour. Aujourd'hui, je dois voir le prince de Conti : j'attends ici une réponse de lui... c'est une ame généreuse que j'ai su intéresser à votre cause ; je lui remettrai un mémoire qu'il m'a promis de présenter au roi... (*Mouvement dans la foule. Beaumont reprend d'une voix plus forte :*) au roi qui ignore quel infâme abus on fait de son nom, et qui vengera autant sa propre dignité que vos souffrances, lorsqu'il saura tout. Pour moi, tant qu'une lettre de cachet ne m'aura pas jeté dans quelque cachot assez profond pour étouffer ma voix, je vous appartiens, vous le savez ! c'est entre nous à la vie, à la mort !

VOIX, dans la foule.

Nous le savons !

PREVOT.

Mes amis, je ne viens jamais parmi vous sans vous porter quelques secours ; mais les frais des procès que j'ai soutenus pour vous, et la dernière famine, ont achevé d'épuiser ma fortune... Voilà tout ce que je puis vous donner aujourd'hui : tiens, Hubert, voilà pour ton père ; tiens, Monnier, voilà pour qu'on ne mette pas ta femme et tes enfans à la porte du grenier que tu habites.

UN HOMME DU PEUPLE.

J'ai un procès à soutenir, monsieur, et je n'ai pas de quoi payer un avocat.

PREVOT.

Laisse mon aumône à un autre ; je te servirai d'avocat. Avocat du pauvre, je n'ai pas d'autre rôle. (*Marianne s'approche.*) Ah ! c'est toi, Marianne...

BOYREL.

Ne lui donnez pas, monsieur de Beaumont ; elle n'a besoin de rien.

MARIANNE.

Tiens ! qu'est-ce que cela vous fait ?

BOYREL.

Vous savez bien que, tant que mes bras suffiront à gagner un morceau de pain, vous n'en manquerez pas...

MARIANNE.

Beau plaisir ! du pain noir... et pas une pauvre robe à mettre les dimanches. Qu'est-ce que cela vous importe, Boyrel, que M. de Beaumont, notre ami, fasse pour moi ce que vous ne pouvez faire, égoïste !

BOYREL.

Je dis que c'est m'insulter que de demander à d'autres qu'à moi, à moi, à qui votre frère, mon pauvre camarade d'atelier, vous a fiancée en mourant. Je dis que vous devez vous estimer heureuse, vous qui ne manquez que d'une robe neuve, lorsque tant de familles manquent de pain. Si vous voulez être moins pauvre, épousez-moi : cela fera un loyer de moins à payer.

LE PACTE DE FAMINE.

MARIANNE.

Vous épouser ! ah ! bien oui... je ferais une drôle de mariée, avec une vieille robe !

BOYREL.

Vous feriez mon bonheur...

MARIANNE.

Sans trousseau ?... par exemple !...

PREVOT, qui a achevé de distribuer des aumônes dans la foule, revenant de leur côté.

Allons, allons, enfans, patience. Laissez passer cette époque de misère, et je me chargerai du trousseau et de la noce... Boyrel est mon ami, et il ne me refusera pas.

BOYREL.

Oh ! monsieur...

PREVOT.

Ne me remercie pas, Boyrel ; moi aussi, je sais ce que c'est que d'être séparé d'une personne qu'on aime... je connais toutes les douleurs de l'absence, plus cruelles souvent que la mort...

MARIANNE, à part.

Oh ! un trousseau, une robe neuve, une cornette neuve... (*A Boyrel.*) Quand donc nous marierons-nous ?... (*A Prevot.*) Monsieur, y aura-t-il une croix d'or dans le trousseau ?

BOYREL.

Marianne, n'avez-vous pas de honte ?... Mais vous ne songez donc pas que chaque matin on ramasse des cadavres dans la Seine, ou des vagabonds dans les rues, poussés au vol par la famine ! Tenez, monsieur de Beaumont, pas plus loin que sur cette place, il y a un spectacle bien triste. Deux femmes y sont venues demeurer depuis trois mois ; à quelques bijoux qui leur restaient, à leurs manières surtout, nous avons deviné que ce sont des femmes bien nées. On les entendait quelquefois pleurer dans leur petite chambre... Puis la mère s'est adressée à quelques dames du voisinage, afin de se procurer un peu d'ouvrage pour elle et sa fille...

PREVOT.

Pour elle et sa fille !

BOYREL.

On s'est douté de leur misère ; les bonnes ames du quartier se sont intéressées à elle ; mais l'ouvrage est rare et payé bien peu. Quoique la jeune fille soit, dit-on, très habile en broderie, les pauvres dames n'ont refusé aucun travail, si grossier qu'il fût. Il paraît qu'aujourd'hui leur dénûment est à son comble ; la vieille mère est malade, et la pauvre petite, qui est jolie, ah ! si vous saviez !...

PREVOT.

Leur nom ! dis-moi leur nom !

BOYREL.

Mme et Mlle Evrard.

PREVOT, à part.

Insensé ! moi qui croyais... (*Haut.*) Je ne les connais pas... Eh bien, achève, Boyrel : que voulais-tu dire ?

BOYREL.

Si pauvres que nous soyons, nous aurions bien

offert quelques secours à ces dames; mais elles sont fières, et elles ne voudraient rien recevoir d'un ouvrier... et d'un ouvrier sans ouvrage. Nous n'avons pas la langue assez bien pendue pour les persuader; nous n'avons pas d'esprit, nous... mais vous, monsieur de Beaumont, à qui c'est votre état, vous qui êtes avocat...

PREVOT.

Je te remercie, Boyrel... Eh bien! j'irai, puis-que tu crains, par ta présence, d'humilier ces dames... j'irai seul, j'inventerai un prétexte pour me présenter; tu m'indiqueras leur demeure. (Un domestique, en livrée, paraît et remet une lettre à Prevot.)

LE DOMESTIQUE.

De la part de son altesse le prince de Conti.
(Le domestique s'éloigne.)

PREVOT, après avoir lu.

Boyrel, le prince de Conti m'annonce que plu-sieurs grands personnages, tous ennemis des acca-pareurs, sont réunis chez lui; Turgot s'y trouve aussi... le temps presse... Ce soir je verrai les pau-vres femmes... mais, l'intérêt général avant tout... (Aux ouvriers.) Au revoir, mes amis, dans deux heures retrouvez-vous ici... je viendrai vous rendre compte de mes espérances... Dans deux heures! Courage et patience!...　　(Il s'éloigne.)

BOYREL.

Rentrez, Marianne... Et maintenant, (Aux ou-vriers.) camarades, allons chercher de l'ouvrage.
(Il sort avec les ouvriers.)

SCÈNE II.

MARIANNE, puis LEREY DE CHAUMONT,
qui sort de l'hôtel de Malisset.

MARIANNE.

Oui... rentrer, pour travailler. Comme c'est agréable! Si encore j'étais au jour de mon ma-riage! M. de Beaumont est riche... il fera bien les choses; et d'ailleurs, il s'agit de Boyrel... Boyrel n'est pas sot, pour un ouvrier charpentier, de se faire des amis pareils! C'est lui qui mène comme il veut tous ses compagnons, et s'il était un peu plus... mis, il ne serait vraiment pas mal. Mais, notre mariage, ça ne peut plus être tout de suite, et jusque-là... (Elle jette un coup d'œil at-tristé sur sa toilette. Deux heures sonnent.) Deux heures... Oh! mon Dieu! que va dire ma maî-tresse de magasin? Je n'ose plus rentrer; une heure et demie de retard! (Apercevant Lerey de Chaumont qui sort de l'hôtel de Malisset.) Ah! quel beau jeune seigneur! c'est pour le moins un duc ou un prince... Il est plus riche que M. de Beau-mont, j'en suis sûre.

DE CHAUMONT, à part.

Décidément il faut que je me range; je suis fati-gué de voler de belle en belle, comme dit le poète Dorat... il faut enfin que j'en aie une à moi... à moi seul... (Riant.) C'est bien difficile. Je viens de rompre avec la maîtresse de Malisset... à sa trente-deuxième vapeur; la femme de Perruchot a toujours quelque dette à me faire payer... son mari est d'intelligence... cela ne me convient pas, c'est immoral. Quant à la prétendue de Rous-seau, elle a eu hier sa première ride... je n'at-tendrai pas la seconde. Je veux rompre aussi avec elle, si d'ici à un quart d'heure je me pourvois autre part... Dans un quart d'heure, j'ai un ren-dez-vous très important chez leurs maris futurs ou passés. Mais, pour me fixer, je désirerais quelque chose d'économique; je ne voudrais pas y mettre plus de cinquante mille livres par an... oh! pas davantage, Malisset ne me prête pas plus. Mais où trouver une femme pareille? Comme dit le poète:

> Il n'en est que dans les romans,
> Ou dans les nids de tourterelles.

De l'innocence, de la naïveté au rabais... c'est rare.

MARIANNE.

Il ne me voit pas. S'il me disait seulement: « Elle est jolie! » comme les autres seigneurs qui me rencontrent... Allons, retournons chez ma maîtresse.

DE CHAUMONT, apercevant Marianne.

Eh! mais... pas mal... pas mal... Mais comme c'est habillé!

MARIANNE, piquée.

Qu'est-ce qu'il dit donc? (Elle fait quelques pas pour sortir.)

DE CHAUMONT.

Eh! mais où allez-vous donc, ma belle enfant? Est-ce que je vous fais peur?... Ah! je comprends, une mère revêche... un père barbare, comme dit le poète.

MARIANNE.

Je suis orpheline...

DE CHAUMONT,

(A part.) Tant mieux! cela épargne un ordre de début à l'Opéra, en cas d'enlèvement... (Haut.) Alors, quelque mari jaloux...

MARIANNE.

Je ne suis pas encore mariée; mais, dans quel-que temps..

DE CHAUMONT.

Oh! je mets opposition au mariage! Si c'était un homme comme il faut, peu m'importerait... mais un rustre, j'aime mieux qu'il n'épouse qu'a-près... (Il tire sa montre.) Je n'ai plus que dix mi-nutes; brusquons la proposition. (Haut.) Belle or-pheline, si un homme riche, noble, et assez bien tourné... vous offrait une voiture.

MARIANNE.

Une voiture!...

DE CHAUMONT.

Des bijoux, des diamans...

MARIANNE.

Des diamans!...

DE CHAUMONT.

Consentiriez-vous à le suivre?...

MARIANNE.

Monsieur... je suis vertueuse.

DE CHAUMONT.

Ma petite, je n'ai plus que sept minutes à vous donner, ainsi faisons des coupures dans les remords. D'ici à sept minutes, divine... Comment vous appelez-vous ?

MARIANNE.

Marianne.

DE CHAUMONT.

Quel nom charmant ! (A part.) Oh ! comme je changerai !... Eh bien ! divine Marianne, d'ici à sept minutes il faut que je vous aie enlevée.

MARIANNE, avec joie.

Enlevée... comme une grande dame... (Tristement.) Mais ce pauvre Boyrel...

DE CHAUMONT.

Boyrel... Qu'est-ce que cela ? Je crois que le nom de Lerey de Chaumont vaut bien celui-là. Allons, je vous adore... Ma voiture est là, au détour de la rue... Partons... vos retards me mettent au désespoir (A part.) et ça fatigue mes chevaux...

MARIANNE.

Mais, monsieur... je n'ose... Je ne puis... je vais être perdue de réputation... Tenez, on nous regarde déjà...

DE CHAUMONT.

Ah ! je comprends des scrupules que j'estime ; je dois respecter votre honneur... Je ne vous emmène plus... Je vais vous attendre... mais, cinq minutes... Je vous aime trop pour patienter davantage. Passé ce délai, je ne réponds plus de ma vie... Une voiture au détour de cette rue... une livrée bleu et or.

MARIANNE.

Mais, monsieur... je vous répète que je suis vertueuse.

DE CHAUMONT.

Ne confondez pas ; une livrée bleu et or.

(Il sort.)

MARIANNE.

Des diamans ! des diamans !... Mais ce pauvre Boyrel ! Allons, retournons chez ma maîtresse. (Elle fait quelques pas, puis, se tournant vers l'endroit où est sorti de Chaumont.) Mon chemin est de passer par la rue où est le carrosse, je le verrai du moins... je verrai cette livrée. Si je prenais une autre route, ce serait plus convenable... Oh ! non, je suis en retard... On m'attend au magasin, et... c'est plus court par là. (Elle sort.)

SCÈNE III.

LOUISE, seule. Elle est pâle, et ses vêtemens annoncent la misère.

Pas de pain... le prix en est encore augmenté, et ce qui me reste ne suffit pas pour en payer un morceau... Et pas de secours pour ma mère ! Je n'ai pas trouvé le médecin des pauvres, il ne reviendra pas, sans doute... la bienveillance gratuite se lasse aisément... Oh ! mon Dieu ! prenez pitié de nous ! Le seul parent que nous eussions encore nous a indignement repoussées... Ma pauvre mère est malade ; la cause de ses douleurs m'est inconnue ; moi, je n'ai plus de force, il ne nous reste pas un ami sur la terre... Si je cherchais à retrouver ce noble et généreux jeune homme que nous avons rencontré à Rouen ! Malheureuse ! depuis un an il m'a oubliée ; il a perdu notre souvenir avec nos traces ! Maintenant, sans doute, il est l'époux de quelque jeune fille riche ; il me faudrait peut-être recevoir l'aumône de sa femme !.. Oh ! non !... non !... jamais, je l'aime trop ! Tout plutôt que cela !... Rentrons !... rentrons auprès de ma mère... pour la voir mourir peut-être ! oh ! non !... Mais, que faire ?... J'ai voulu travailler, pas d'ouvrage ! J'ai voulu servir pour nourrir ma mère, mais tous les pauvres se disputent maintenant l'antichambre des riches... ce n'est que là qu'ils peuvent vivre. Non... je n'irai pas rejoindre ma mère pour ne lui apporter qu'une si affreuse nouvelle... Je trouverai des secours, dussé-je voler... dussé-je mendier. Eh bien ! oui... je mendierai... quiconque a été aimé d'une mère m'entendra ; oui... quel que soit celui qui se présente à moi.... (En ce moment Saint-Val paraît au fond.) Oh ! la voix me manque... ma gorge se dessèche... (Elle s'approche de Saint-Val sans le regarder, et lui tend la main en tombant à genoux.)

SCÈNE IV.

LOUISE, SAINT-VAL, en habit très simple.

LOUISE.

Qui que vous soyez... prenez pitié... (Saint-Val lui jette quelques louis dans la main.) De l'or !... (Elle lève les yeux et le reconnaît ; elle pousse un cri et jette l'or avec épouvante.) Ah !

SAINT-VAL.

Je vous le disais bien... Louise, qu'un jour vous regretteriez de m'avoir répondu par un refus...

LOUISE.

Cela devait être ainsi... vous seul pouviez venir à ma voix.

SAINT-VAL.

Et pourquoi repousser mes secours... Louise ?...

LOUISE.

Les vôtres ! je n'en ai pas besoin...

SAINT-VAL.

Louise, je connais votre sort... je ne vous ai pas perdue de vue depuis un an. Repoussée par le parent auquel vous avez demandé asile, réduite à la misère, vous êtes venue loger dans ce quartier... vous avez changé votre nom afin de pouvoir accepter sans rougir tous les travaux et toutes les conditions... Mais vous avez pu vous convaincre, Louise, que mieux eût valu pour vous autrefois l'amour d'une âme criminelle, que l'indifférence et l'inhumanité de tant de gens de bien! Si vous m'aviez écouté alors, deux personnes seraient heureuses... et cela est devenu impossible... Vous ne tendriez pas la main, sous ces misérables vête-mens.

LOUISE.

Mais, s'il fallait juger des positions d'après l'apparence... vous-même...

SAINT-VAL.

Oh! je ne suis pas glorieux! Autrefois, quand je vous ai rencontrée, j'avais encore de riches habits doublés de beaux principes, et pas un écu dans ma poche. Maintenant je porte un habit de bure, mais j'ai sur moi le prix de dix habits de velours.

LOUISE.

Si cet or est noblement acquis, Dieu le fasse prospérer dans vos mains... Adieu.

SAINT-VAL.

Louise, qu'allez-vous faire ?... hâter la mort de votre mère, en lui rapportant le désespoir...

LOUISE, pleurant.

C'est vrai...

SAINT-VAL.

Prenez donc ce que je vous offre, Louise. C'est toujours ce fol amour qui vous inspire tant d'horreur pour moi?...

LOUISE.

Cet amour... il finira bientôt... car je vais mourir...

SAINT-VAL.

Ah! je sens combien je vous aime encore à la haine que me fait ressentir ce rival inconnu... Oh! votre silence ne le sauvera pas... tôt ou tard je vous vaincrai, car mon amour est plus opiniâtre que jamais; oui, je vous le jure, durant cette année qui vient de s'écouler, j'ai cherché à vous oublier, n'importe à quel prix. J'ai fait tout le mal que j'ai pu aux autres... je leur ai même fait du bien... J'ai tout essayé... rien n'a réussi. Je vous ai retrouvée partout, plus attrayante que mes plaisirs, plus puissante que mes passions, plus belle que tous mes songes... Oui... je n'ai cessé de vous appeler, de vous poursuivre. Je n'y comprends rien moi-même, c'est insensé... c'est absurde... mais c'est ainsi, et cet amour, qui a été plus fort que moi, triomphera de vous... Oui, Louise, vous serez à moi...

LOUISE.

Non... jamais... jamais...

SAINT-VAL.

Pourquoi donc alors... cette pâleur qui redouble, ce tremblement convulsif?

LOUISE.

C'est que j'ai faim!... C'est que je pense à ma mère qui meurt sans secours!... C'est que ma raison s'égare (Mme Firmin paraît.) en voyant là dans votre main cet or qui calmerait mes tortures... qui sauverait ma mère... cet or... qui brille, dont l'éclat m'éblouit, me fascine... m'attire... et que malgré moi ma main va chercher... jusque dans votre main.   (Elle s'approche de Saint-Val.)

SCÈNE V.

LOUISE, SAINT-VAL, Mme FIRMIN, qui a paru, depuis quelques instans, sur le seuil de la porte, pâle, chancelante.

Mme FIRMIN, avec un cri.

Louise!

LOUISE, se précipitant vers sa mère.

Ah! c'était pour vous, ma mère!...

Mme FIRMIN, d'une voix mourante.

Plutôt ma mort... que tes souffrances... mais plutôt notre mort... que ton déshonneur. Mais Dieu ne permettra pas qu'il n'y ait que cet homme qui vienne à ton secours... Retirez-vous... retirez-vous, monsieur... vous qui osez tenter le désespoir et la faim d'une noble jeune fille. Ne bravez pas du moins la malédiction d'une mère... Retirez-vous. (Elle tombe défaillante sur le banc de pierre qui est devant la maison.)

SAINT-VAL.

Mais, de grace.

LOUISE.

Retirez-vous.

SAINT-VAL, à part.

Allons, tout est dit... il faut l'oublier, elle dédaigne mon amour... elle repousserait mon aumône... Malisset m'a proposé, dans les intérêts de son entreprise, un voyage qui peut être pour moi un coup de fortune... Je vais accepter... je pars... je gagnerai cent mille livres... ça me distraira.   (Il sort.)

Mme FIRMIN.

Je ne te voyais pas revenir... j'étais inquiète... Je me suis traînée jusqu'ici.

LOUISE.

Ma mère, rentrez, de grace...

Mme FIRMIN.

Non!... laisse-moi ici... j'ai de l'air au moins... c'est toujours quelque chose...
(Elle s'appuie sur le banc, comme prête à s'évanouir.)

LOUISE.

Ma mère, qu'avez-vous?

Mme FIRMIN.

Rien... rien...

(Bruit dans la coulisse.)

LOUISE.

Mon Dieu! quelle est donc la maladie qui la dévore... Et le médecin qui ne revient pas, le médecin qui nous a laissées dans une horrible incertitude. (Elle réchauffe les mains de sa mère dans les siennes.)

SCÈNE VI.

Mᵐᵉ FIRMIN, LOUISE, BOYREL, gens du peuple qui le suivent.

BOYREL.

Oui... oui... c'est infâme, mes amis... ma pauvre fiancée que je nourrissais de mon travail, que je respectais tant, que je faisais respecter à tout le monde et dont l'amour me faisait supporter les tourmens de notre vie de misère et de privation .. car j'y croyais, moi, à cet amour... Eh! bien... elle vient d'être enlevée.

UN HOMME DU PEUPLE.

Par qui donc ?

BOYREL.

Belle demande! par un des accaparateurs. Ce n'est pas seulement le pain qu'ils nous prennent, c'est plus encore! Oui, c'était un de nos ennemis qui l'a enlevée dans un carosse, on a reconnu les armoiries et les livrées... c'était Lercy de Chaumont, le plus insolent de tous... Mais cette fois n'est-ce pas, mes amis... ils ont achevé leur compte. (Retroussant ses manches.) Il faut le leur payer !...

VOIX, dans le peuple.

Oui... oui !... C'est cela !

BOYREL.

C'est qu'il ne s'agit pas seulement de Marianne et de moi... C'est que vous ne savez pas toutes les nouvelles horreurs de la famine qu'ils entretiennent à plaisir dans Paris. Tenez, je viens de rencontrer le médecin des pauvres...

LOUISE, redressant la tête.

Le médecin des pauvres !...

BOYREL.

Il m'a dit qu'il y avait dans ce quartier... tout près d'ici... une pauvre femme, qu'il a visitée hier soir...

LOUISE.

Hier soir !...

BOYREL, continuant.

Qui pour laisser le peu de pain qu'elle avait, à sa fille, lui a fait accroire qu'elle était malade, si bien que son mensonge est devenu une réalité... et que lorsque le médecin l'a vue, il n'a rien dit... il était déjà impossible de la sauver... et à l'heure qu'il est, la pauvre chère femme doit être morte.

LOUISE, avec un cri.

Mon Dieu !... si c'était... (A Mᵐᵉ Firmin.) ma mère !

Mᵐᵉ FIRMIN.

Louise... Ah! j'expire... Veillez sur elle... mon Dieu... Oh! merci, je n'ai plus faim !.. (Elle meurt.)

LOUISE.

Ma mère... Mais ses mains sont froides... mais elle ne répond plus... est-ce que déjà... Oh! non! non !... ce serait donc moi qui l'aurais tuée... j'aurais donc sauvé ma vie au prix de la sienne! Ah! Dieu ne le permettrait pas... (Aux hommes du peuple, qui s'approchent.) Oh! par pitié... secourez-la !.. C'est ma mère... c'est pour moi qu'elle a tant souffert... Oh! elle ne peut pas mourir... elle n'est qu'évanouie, elle a besoin d'alimens... Elle me donnait tout à moi, à moi... fille parricide. Oh! mes amis, je ne possède rien... je ne puis vous récompenser... mais, par pitié... par pitié, sauvez ma mère!

BOYREL, aux gens qui apportent des secours.

Il est trop tard.

SCÈNE VII.

LES MÊMES, PREVOT DE BEAUMONT.

PREVOT.

Quelle est cette voix ?

BOYREL.

Vous, monsieur! Ah! Dieu vous a envié la moitié d'une bonne action... Voyez, morte !..

PREVOT.

Louise !... Louise !... et sa mère...

(Mouvement dans le peuple.)

BOYREL.

Ils se connaissaient !

LOUISE, se relevant avec égarement, regardant Prevot et lui saisissant la main.

Ah! c'est vous !.. bien !.. je vous attendais... Voici ma mère... il faut la ranimer, entendez-vous? Vous êtes l'ami du peuple... vous voulez le sauver... Eh bien! vous sauverez ma mère... qu'est-ce que cela vous fait, n'est-ce pas... vous la sauverez ?.. vous me refusez... vous me refusez aussi. Ah !.. ma mère... ma mère, parlez-moi, vous... répondez-moi... rien... rien, elle est morte! elle est morte. . et c'est moi qui l'ai tuée. (Elle tombe sur le corps de sa mère, des femmes s'empressent autour d'elle.)

PREVOT, à voix basse, avec un accent terrible.

Morte de faim! Louise, orpheline, folle peut-être... et ne pouvoir écraser ces monstres! Le prince de Conti me l'a dit... ce mémoire est inutile... pas de preuves contre eux... les tribunaux sont impuissans... et je ne vengerai pas ma pauvre Louise et sa mère!

BOYREL.

Vous hésitez encore devant ce spectacle! Ah! jetez un cri de vengeance... déjà j'allais entraîner ces braves gens, pour punir les infâmes qui, à moi aussi, m'ont enlevé Marianne !... Dites un mot, faites un signe...

(Prevot de Beaumont demeure pensif; en ce moment la porte cochère de l'hôtel de Malisset s'ouvre : un carrosse à deux chevaux paraît. Deux domestiques crient, à la foule rassemblée : *Place à M. Malisset!*)

SCÈNE VIII.

LES MÊMES, MALISSET.

BOYREL, et tous les gens du peuple.

Malisset !... a bas l'accaparateur... brisons sa voiture... à bas... à bas... (Ils se précipitent vers la voiture.)

PREVOT *se précipitant entre le peuple et la voiture.*

Arrière, mes amis... vous perdez votre cause .. arrêtez, arrêtez...

BOYREL.

Pas de résistance, obéissons à notre ami. (Il fait reculer le peuple, Malisset descend de sa voiture et s'approche de Prevot, toujours en avant.)

MALISSET.

Monsieur de Beaumont, je n'oublierai pas le service que vous venez de me rendre... mais ces violences peuvent se renouveler... vous devriez monter dans ma voiture et me servir de sauvegarde.

PREVOT.

Moi !

MALISSET.

Vous le voyez... la guerre contre nous ne sert à rien... Vous êtes ruiné... (A voix basse.) Il y a cent mille écus pour vous sur le marchepied de cette voiture ; voulez-vous y monter?...

PREVOT.

Votre voiture...

MALISSET.

Cent mille écus.

PREVOT, *à part.*

Cette voiture est un échafaud sur lequel monte mon bonneur... mais il y a des causes auxquelles il faut sacrifier... même l'honneur. (A Malisset.) Je vous suis... (Mouvement parmi le peuple. Prevot, revenant vers Boyrel.) Boyrel, une tombe à cette pauvre morte... quant à cette jeune fille, qu'on la transporte sur-le-champ chez moi...

BOYREL.

Chez vous?...

PREVOT.

J'aurais dû dire : chez elle... elle est ma femme... (A Malisset.) Partons.

MALISSET.

J'en étais sûr... toujours le même bonheur au jeu.

(Prevot donne le bras à Malisset, et tous deux traversent les groupes pour atteindre la voiture.)

VOIX, *de la foule.*

C'était un traître... Il nous abandonne...

PREVOT, *le pied sur le marchepied de la voiture, déchire son mémoire qu'il a montré à Malisset et s'écrie :*

C'est vrai !... (La voiture s'éloigne et les emporte.)

GENS du peuple.

A bas l'apostat... A bas tous les deux.

(Ils s'élancent vers la voiture.)

BOYREL, *les retenant, et avec force.*

Taisez-vous donc... il a son projet !

(Le rideau baisse.)

ACTE TROISIÈME.

Quinze mois après. Cabinet de Prevot de Beaumont dans une maison isolée. Ameublement riche.

SCÈNE I.

(Il fait nuit, une lampe est sur la table, ainsi qu'une cassette ouverte contenant des papiers.)

PREVOT DE BEAUMONT.

J'ai beau relire, point d'actes décisifs ; des demi-preuves qui amèneraient bien la conviction dans l'ame d'un honnête homme, mais qui ne peuvent motiver l'arrêt d'un parlement. Tant que je n'aurai pas entre les mains une copie authentique de ce marché secret, que le peuple a flétri du nom de *Pacte de Famine*, tous mes efforts, tous mes sacrifices seront perdus... avec cet acte, tout m'est possible... sans cet acte, rien... Boyrel m'avait fait espérer que par le secours de quelque commis, il pourrait peut-être... mais toujours des déceptions ! Ainsi donc, depuis plus d'un an, j'ai semblé me faire apostat à la sainte cause que je sers! J'ai prodigué mes travaux, mes veilles, ma fortune, mon honneur, pour amasser laborieusement une à une les preuves dont j'ai besoin, et il me manque celle qui seule peut légitimer toutes les autres... Il est un moment de ma vie où j'ai dû me couvrir à tous les yeux du masque de traître, et la fatalité éternisant pour moi ce moment, me cloue ce masque sur le front. J'ai pressé la main de ces hommes, j'ai pris part à leurs fêtes... et malgré moi je reste leur ami, presque leur complice; et dans cette fange où ils m'ont forcé de descendre avec eux, je ne puis trouver une pierre pour les en frapper au visage ! (En ce moment Louise paraît sur le seuil de sa porte, pâle et en blanc, sans être vue de Prevot de Beaumont.) Mais maintenant ces papiers, ces plaidoyers commencés, ces bordereaux soustraits... tout cela livré au grand jour, ne ferait qu'attirer plus sûrement sur ma tête la vengeance des accapareurs... sur ma tête et sur celle de Louise et de mon enfant !.. Cachons tout cela... (Il presse un ressort, un panneau de la boiserie s'ouvre, il y cache la cassette dans laquelle il a remis tous les papiers. Louise ne perd pas un seul de tous ses mouvemens.) Pauvre Louise, elle a tant besoin de calme... la mort de sa mère lui a laissé une souffrance de tous les momens, un délire de chaque nuit... ne l'inquiétons pas... et maintenant allons au rendez-vous. Je me perdrai s'il le faut, mais je ferai mon devoir jusqu'au bout. (Il veut sortir et se trouve en face de Louise.)

SCÈNE II.

PREVOT DE BEAUMONT, LOUISE.

LOUISE.

Mon ami, que dites-vous?... Vous m'épouvantez!... Quels sont ces dangereux papiers que vous cachez avec tant de soin?.. Où allez-vous, Charles, vous avez dit que des malheurs menaçaient votre tête?...

PREVOT, avec douceur.

Enfant, que tout effraie!... Louise, ces papiers pouvaient avoir un grand intérêt quand j'espérais encore; maintenant que mes projets sont renversés, ils ne compromettront plus personne, ni mes ennemis ni moi.

LOUISE.

Ne cherchez pas à me tromper, Charles, je sais que vous n'avez pas renoncé à tous les rêves que vous avez faits si long-temps pour le bonheur du peuple; mais vous vous cachez de moi, pauvre femme sans force et sans courage... Oh! j'ai deviné, j'ai surpris vos projets... je sais qu'il y a ici une porte secrète, par laquelle vous sortez chaque nuit pour aller rejoindre vos anciens amis; souvent même vous les recevez ici; la nuit, couchée, j'ai entendu, à travers les cloisons, le murmure sourd de leurs voix, et je me demandais si c'était un rêve affreux. J'attendais que vous eussiez assez de confiance dans votre Louise pour lui expliquer tous ces mystères... mais je ne puis plus contenir mes inquiétudes; ces papiers, ces paroles que vous venez de prononcer, tout m'épouvante... Charles, vous avez sans doute pour cette nuit quelque périlleuse entreprise à tenter; je vous en supplie, Charles, ne me quittez point.

PREVOT.

Rassurez-vous, Louise; quel danger puis-je avoir à craindre?... Vous n'ignorez pas que ceux qui auraient droit de se défier de moi sont pleins de confiance et m'appellent leur ami; je suis le compagnon de leurs plaisirs, presque le confident de leurs secrets. Oh!... je suis prudent moi, et d'ailleurs je vous l'ai dit, Louise, ces projets qui vous inquiètent et qui me remplissaient autrefois d'un si noble enthousiasme ne peuvent plus me compromettre... car ils sont impossibles à réaliser. Vous avez raison, c'étaient des rêves: rentrez donc, ma bien-aimée; allez vous reposer près de notre Jules, cher enfant qui nous promet tant de bonheur!.. Allons, ma Louise, un peu de patience; je serai bientôt de retour...

(Il l'embrasse et va pour sortir.)

LOUISE.

Charles, vous ne sortirez pas... Aussi bien j'ai le droit de vous demander sur quel coup de dés vous jouez trois existences... Vous n'avez pas le droit d'exposer votre vie et votre liberté, comme autrefois; vous avez une famille, une famille dont le présent c'est vous, dont l'avenir c'est vous... Oh! restez, restez!... Charles, ayez pitié de moi; j'ai été si malheureuse!... *(Elle pleure.)*

PREVOT.

Ma bonne Louise...

LOUISE.

Oui, c'était un noble projet!... Donner du pain à toute une nation qui souffre c'était la une sublime mission, qu'avant tous vous deviez réclamer!... Mais à quoi vous ont servi vos efforts, vos luttes, votre dévoûment, votre énergie?.. Charles, souvenez-vous de ma pauvre mère!... *(Avec égarement.)* de ma pauvre mère morte de faim. Vous n'avez pu la sauver, vous l'avez vue à vos pieds, pâle et inanimée, et c'est moi qui l'avais tuee...

PREVOT.

Mon amie!...

LOUISE.

Eh bien!.. la France, c'est comme ma mère... elle expire de faim devant nous... vous ne la sauverez pas, et vous succomberez à vouloir la venger. Ces horribles souvenirs ne me quittent pas, ils me poursuivent même quand je suis auprès de vous, même quand j'embrasse mon enfant. Oh!.. j'en ai bien souffert, j'en souffre encore! mais s'il faut trembler pour vous, Charles, s'il faut aux douleurs du passé joindre les angoisses de l'avenir... oh! je succomberai d'avance à des malheurs contre lesquels il ne me reste plus de force! Voyez-vous, ma raison s'égarera... vous le savez déjà, le délire trouble mon sommeil... et m'arrache des paroles de douleur, des cris d'inquiétude; chaque nuit vous me réveillez debout... loin de mon lit, dormant toujours, et cependant mon âme veillant encore pour la terreur et les souffrances... Ne vous exposez pas à un horrible danger... Tenez!.. j'ai un pressentiment que cette nuit vous sera fatale... Charles, ne sortez pas... faut-il que je vous le demande à genoux... au nom de notre amour... au nom de notre enfant... au nom de ma pauvre mère!... *(Elle tombe à genoux.)*

PREVOT, la relevant et la pressant sur son cœur.

Louise... rassure-toi... cette douleur me déchire l'âme, rassure-toi... Eh bien! je ne sortirai pas cette nuit... Après tout, que puis-je faire?.. La cause que j'avais embrassée est perdue... Dieu abandonne la France! puis-je la défendre à moi seul? J'ai rempli tant que je l'ai pu mon devoir de citoyen envers elle; mais puisque je ne pourrais plus lui donner ma vie qu'inutilement, j'ai le droit de te la consacrer... Oui, advienne que pourra, calme tes craintes, et viens sur mon cœur... Car je veux être heureux par toi... par notre enfant... comme je veux désormais que vous le soyez par moi.

LOUISE.

Oh! merci, merci, mon ami: vous êtes toujours bon, toujours généreux, merci mille fois, et puis, Charles, j'avais besoin de cette promesse: car... je ne sais... je me sens défaillir... *(Elle chancelle.)*

PREVOT, la soutenant.

Louise, au nom du ciel ! qu'as-tu?.. tu es toute pâle, Louise. (Il la fait asseoir dans un fauteuil.)

LOUISE.

Ce n'est rien, mon ami ; vous le savez, une de ces faiblesses que m'ont laissées mes douleurs passées. Mais désormais, je serai heureuse... Oh !.. je sens déjà que l'espérance revient... (Montrant son cœur.) là.

PREVOT.

Eh ! bien, il faut rentrer dans ton appartement, ma Louise ; voilà l'heure du repos, tu en as besoin. (Il sonne, une servante paraît.) Soutenez madame jusqu'à sa chambre, vous viendrez me dire dans quelques instans comment elle se trouve. (A sa femme.) Ma Louise, tu m'as promis d'être heureuse. (Il la soutient d'un côté, tandis que la servante la soutient de l'autre et il la reconduit jusqu'à la porte de l'appartement.)

LOUISE.

Et vous, Charles, vous m'avez promis de vivre pour moi seul. (Sortant.) Souvenez-vous que j'ai votre parole !

PREVOT.

Et ce n'est pas avec toi que j'y manquerai...
(Il l'embrasse sur le front.)

SCÈNE III.

PREVOT, seul.

Pauvre Louise ! j'ai dû lui faire cette promesse ; elle a tant de droits à mon dévoûment, à mes sacrifices. (S'asseyant, d'un air pensif.) D'ailleurs je ne l'ai pas trompée. Qu'irai-je faire au rendez-vous ? exhaler avec ces malheureux une colère impuissante, former de nouveaux plans qui seront détruits demain ?.. Oui, il faut attendre dans le calme, en silence, que le jour soit venu, s'il vient jamais...

SCÈNE IV.

PREVOT, BOYREL entre mystérieusement par la porte secrète et s'approche de Prevot, qui ne s'aperçoit pas de son arrivée.

PREVOT, continuant.

Oui, il n'y a plus d'illusion à se faire, tout est perdu.

BOYREL, s'avançant.

Pas encore, monsieur de Beaumont.

PREVOT, se retournant.

Ah ! c'est toi, Boyrel?... (Avec froideur.) Je ne comptais pas te voir, ce soir.

BOYREL.

Puisque vous ne cherchez pas le peuple, il faut bien que le peuple vienne vous chercher ; nous avons une grande nouvelle à vous apprendre.

PREVOT.

Une grande nouvelle, peut-être ; mais une nouvelle favorable, il n'en est plus pour nous.

BOYREL.

Qui sait... (Moment de silence.) Eh ! bien, vous ne me demandez pas d'où je viens, ce que j'ai fait, quel bonheur je viens vous annoncer?...

PREVOT.

Puisque je n'espère plus !...

BOYREL.

J'ai pourtant là un parchemin qui vous rendra sans doute l'espérance.

PREVOT, sans regarder.

Et comment te l'es-tu procuré?...

BOYREL.

Le petit commis ! Rinville... vous savez... je l'ai enfin décidé... Il est parti pour la Hollande avec les vingt mille livres que vous m'aviez confiés dans l'intérêt de notre entreprise.

PREVOT, ironiquement.

Et il t'a trompé sans doute, mon pauvre Boyrel ; on t'a fait payer d'un prix énorme quelque pièce insignifiante, comme j'en ai déjà tant recueilli par les mêmes moyens.

BOYREL.

Peut-être ; cependant, monsieur, ne m'avez-vous pas dit, bien des fois, que notre cause serait gagnée le jour où nous pourrions montrer une copie authentique du Pacte de famine ?...

PREVOT.

Oui ; mais il n'existe que quatre de ces copies ; deux sont dans les coffres de fer des financiers, et les deux autres... peut-être dans les bureaux du contrôle-général.

BOYREL, froidement, en déposant un parchemin sur la table.

En voici une, n'importe le lieu d'où elle vient. (Prevot se lève vivement, renverse un fauteuil et saisit le bras de Boyrel.)

PREVOT.

Que dis-tu, le Pacte de famine !... C'est l'acte même du Pacte de famine, que tu m'apportes ?

BOYREL, froidement.

Voyez !...

PREVOT, saisissant le parchemin.

Il se pourrait ! (A Boyrel.) Ah ! je tremble ! mes yeux se troublent ; je crains de mourir avant d'avoir lu !... (Examinant le parchemin.) (Lisant.) « Marché fait avec Pierre Malisset...» (Avec explosion.) C'est cela... voyons les signatures maintenant. Oui, je les reconnais : voici la lourde écriture de Malisset, voici celle de Chaumont, celle de Laverdy ; ils y sont tous, ils sont à moi ! Boyrel, cet acte que tu m'apportes, je l'aurais payé de tout le sang de mes veines ! Boyrel, cet acte c'est la vie de cent mille familles... Je n'ai rien, moi, qui puisse récompenser celui qui fait à son pays de pareils présens, mais viens dans mes bras ! (Ils se jettent dans les bras l'un de l'autre et s'embrassent avec effusion.)

BOYREL.

Vous ne renoncez donc plus à nos projets? Vous n'abandonnez donc plus notre cause?...

PREVOT.

Qui dit que je renie la cause du peuple?... Qui

dit que je ne poursuivrai pas son droit et sa vengeance? Qui dit qu'au moment où je touche le but insaisissable, qui reculait toujours devant moi, je ne jouirai pas d'un triomphe si grand, si désiré? Ah! j'ai passé de longues années de souffrances à appeler le moment où nous sommes, Boyrel; mais je ne me plains plus; tortures cachées, humiliations, injures, calomnies, tout est payé, Boyrel, tout est payé par la joie qui déborde ma poitrine. Quoi! j'ai là entre mes mains cette ruine officielle de la France, cette trahison notariée... la part, le rôle, l'aveu de chacun.. Oh!... je voudrais qu'une main céleste agrandît ce parchemin et le tînt suspendu au dessus de la France entière. Je voudrais qu'un immense foyer en éclairât les lettres gigantesques... Maintenant il n'y a plus de refuge pour eux... plus de protecteurs qui osent les défendre, si haut qu'ils soient, plus de juges qui osent les absoudre! Eussent-ils des forteresses, des armées!... je ne les crains plus... j'ai la foudre!...

BOYREL.

Eh! bien, à l'œuvre, à l'œuvre cette nuit même! nos amis sont encore réunis; ils nous attendent...

PREVOT, préoccupé.

Oui, cette nuit même!...

BOYREL.

J'introduirai ici par la porte secrète les principaux chefs, vous leur donnerez vos ordres. (A part.) Chaumont, tu n'appelleras plus ta rencontre avec Marianne une bonne fortune.

PREVOT, sortant de ses réflexions.

Un moment, mon cher Boyrel, j'oubliais... Je dois te prévenir; j'ai fait une nouvelle recrue pour notre parti; un nommé Jérôme Picot, un ouvrier courageux... il doit venir ce soir.

BOYREL.

Êtes-vous bien sûr de lui, au moins?

PREVOT.

La première fois que je l'ai vu, il luttait contre des soldats et des gens de police qui voulaient l'arrêter; plus tard, il m'a sauvé la vie dans une rue déserte où trois hommes du peuple m'avaient attaqué en criant: A mort le renégat! à mort le traître!... (Avec amertume.) car voilà ce qu'ils pensent tous!... Tu vois donc que cet homme est sûr?...

BOYREL.

C'est bien.

PREVOT.

Malisset n'est point à Paris. Cette nuit même il faut que tout soit fini; moi, pendant ton absence, je vais réfléchir au plan qui nous reste encore à suivre.

BOYREL.

Je reviens à l'instant.

PREVOT.

Hâte-toi! hâte-toi!

(Boyrel sort par la porte secrète.)

SCÈNE V.

PREVOT, seul d'abord; puis **UNE SERVANTE.**

PREVOT.

Eh bien!... madame?...

LA SERVANTE.

Son sommeil est agité... mais elle dort.

PREVOT.

Bien, elle ne se réveillera que quand je serai vainqueur. (La servante sort.) (S'asseyant.) Mais, voyons, est-il bien nécessaire que je compromette tant de braves gens, quand, peut-être, une accusation légale suffirait? (Un moment de silence.) Non, il faut un éclat terrible qui éveille l'attention de toute la France; je sais ce qu'il en coûte d'attaquer, seul et obscur devant la loi, des ennemis si puissans; ils étoufferaient ma voix encore une fois! S'il n'y avait devant eux qu'un homme seul maître de ce grand secret, ne pourraient-ils pas, d'un coup frappé dans l'ombre, anéantir à la fois l'homme et le secret?... Oui, il faut un si grand retentissement, il faut des preuves si nombreuses, si imposantes, que leurs plus puissans complices soient forcés de les abandonner à l'indignation de tous! Relisons encore ce parchemin...

UN DOMESTIQUE, annonçant.

M. Malisset.

SCÈNE VI.

PREVOT DE BEAUMONT, MALISSET.

(Malisset entre par la porte du fond.)

MALISSET, gaîment.

Que faites-vous donc là, mon cher de Beaumont? quelque nouveau plaidoyer, sans doute?...

PREVOT.

(Il cache le parchemin aux yeux de Malisset, puis, se remettant, il lui dit avec calme:)

C'est plus qu'un plaidoyer, monsieur, c'est une sentence.

MALISSET, avec bonhomie.

Vous avez tort de tant travailler; cela vous brûle le sang. Que diable! on travaille, mais on prend un peu de distraction. Aussi, moi qui m'intéresse à la santé de mes amis... je viens vous chercher, et, bon gré malgré, je vous emmène pour cette nuit.

PREVOT.

Où donc?

MALISSET.

A une fête, à ma petite maison du faubourg du Roule. (Avec fatuité.) Vous ne savez pas, oh!... un grand événement: je donne un souper en l'honneur de ma nouvelle maîtresse, la Petit-Pas de l'Opéra! une femme charmante, mon cher, et qui m'adore... à deux cents louis par mois, sans l'équipage que j'ai payé comptant. Aussi, je puis vous dire à vous qui êtes des nôtres, que je serai forcé de faire demain une petite hausse dans le prix du pain.

PREVOT.

Demain !

MALISSET.

Oh ! pas bien forte ; de quoi payer l'équipage et les émolumens de la Petit-Pas. C'est Chaumont qui m'a conseillé de prendre la nymphe, et qui a presque fait le marché. Ce garçon-là a très bon goût, et c'est toujours lui qui me dirige dans mes choix. Vous venez, n'est-ce pas ?...

PREVOT.

Mais... je ne sais.

MALISSET.

Allons donc ! nous n'en dirons rien au clergé... Venez, la partie sera joyeuse, ma foi, et puis nous ne serons pas nombreux ; quelques jolies femmes et nos associés, voilà tout.

PREVOT.

Quoi !... Perruchot, Rousseau ?...

MALISSET.

Ils y seront, mon cher ; je vous dis que ce sera une charmante partie.

PREVOT.

Et Chaumont aussi ?

MALISSET.

Il m'a promis... mais il n'est pas certain...

PREVOT.

Oh ! qu'il ne manque pas, son absence serait fort à regretter pour nous. Vous avez raison, ce sera une charmante partie, monsieur Malisset, et je suis des vôtres. (Avec joie.) L'imprudent ! me les livrer tous... d'un seul coup de filet.

MALISSET.

A la bonne heure. Mais (Avec malice.) est-ce que vous viendrez seul ?

PREVOT.

Qui sait !

MALISSET.

J'aurais bien invité Mme de Beaumont ; mais, comme vous voyez, nous serons un peu mauvaise compagnie. (Il rit en se dandinant sur la pointe des pieds.)

PREVOT.

Je m'en doutais. (En ce moment la porte secrète s'ouvre, Boyrel et les gens du peuple vont entrer. Beaumont referme brusquement la porte.) (A voix basse.) Pas encore, je vous avertirai.

MALISSET, d'un ton sévère.

(Avec une colère étudiée.) Ah ! monsieur de Beaumont... J'ouvre les yeux, je comprends...

PREVOT.

Que voulez-vous dire, monsieur ?

MALISSET.

Que je ne suis plus votre dupe...

PREVOT.

(A part.) Aurait-il deviné ?

MALISSET.

Cette visite mystérieuse... Je vois tout ; certes, vous avez bien joué votre rôle jusqu'ici !

PRÉVOT.

Mon rôle...

MALISSET.

Mais je le vois bien. Parbleu ! savez-vous, mon cher de Beaumont, que pour être secrétaire du clergé vous n'êtes guère moral ?

PREVOT.

Moral !

MALISSET.

Recevoir une maîtresse chez soi, la nuit, dans la maison conjugale ! car, vous essaieriez en vain de le nier... là... c'était une... Oh ! c'est d'une inconvenance ! Que diable ! mon cher, on a une petite maison pour ses rendez-vous. Moi, j'ai aussi mes bonnes fortunes, mais Mme Malisset n'en sait rien. Le foyer de la famille... mon ami... c'est un temple (Avec emphase.) un temple qu'il ne faut jamais profaner... seulement on peut établir une succursale. En vérité, il est étonnant que ce soit moi qui doive vous prêcher les mœurs. Mais l'heure presse, vous viendrez nous joindre bientôt, n'est-pas ?

PREVOT.

Je ne me ferai pas attendre, soyez-en sûr.

MALISSET.

C'est bien. (Il s'éloigne sur la pointe du pied, puis revient vers Prevot de Beaumont, qui semble impatient. Mystérieusement.) Ah ! ça, nous ne devons pas nous gêner les uns les autres ! Voyons, mon cher, ne faites pas tant le modeste, amenez-nous-la ce soir.

PREVOT.

Qui donc ?

MALISSET, riant.

La personne qui était ici tout-à-l'heure.

PREVOT.

Il y avait plusieurs personnes.

MALISSET.

Ah ça ! mais vous êtes donc un sultan ? Amenez-les toutes, alors ; elles augmenteront le nombre des joyeux convives.

PREVOT, avec un sourire.

Elles seront peut-être de la fête.

MALISSET.

J'y compte, et je me retire, car je sens que je serais singulièrement indiscret si je restais à l'entretien qui va avoir lieu... Oui, ma présence serait peut-être capable de l'empêcher, et moi je ne veux pas gêner mes amis ; mais vous amènerez... vous savez bien... C'est convenu... à cette nuit... (Il se retire sur la pointe des pieds en fredonnant : « Il pleut, il pleut, bergère...»

SCÈNE VII.

PREVOT DE BEAUMONT, puis **SAINT-VAL.**

PREVOT.

Pas un moment à perdre ! Boyrel et ses compagnons sont là... Serrons cet acte précieux 'ont dépend le succès de notre entreprise ; il ne sortira plus de cette cassette que pour être mis sous les yeux du parlement.

(Il place le traité dans la cassette, et referme le panneau.)

UN DOMESTIQUE.

Un homme qui a l'apparence d'un ouvrier demande à parler à monsieur.

PREVOT.

Un ouvrier! Vous a-t-il dit son nom?

LE DOMESTIQUE.

Jérôme... Jérôme...

PREVOT.

Jérôme Picot! (Au domestique.) Faites entrer. (Le domestique sort.) Notre nouvelle recrue ne connaît pas encore la porte secrète.

(Le domestique introduit Saint-Val.)

SAINT-VAL.

Eh bien! j'arrive le premier, je crois? Vous m'aviez dit pourtant...

PREVOT.

Patience, ami, je ne suis pas fâché de ce retard puisqu'il me donne l'occasion de vous demander de nouveau si vous êtes bien décidé. Voyez, je ne veux pas vous surprendre; si vous avez changé d'avis, il est temps encore de vous retirer. Je vous crois sûr, fidèle, discret!

SAINT-VAL.

Pourquoi ne serais-je pas le même aujourd'hui qu'hier. Il y a un mois, lorsque j'arrivai de province, (A part.) où ma mission me fit jeter plus de pierres que d'écus, (Haut.) j'eus le bonheur de vous connaître, dans je ne sais quelle bagarre dont il m'est revenu force coups; depuis ce temps je vous ai dit mon nom, Jérôme Picot; ma position, tisserand sans ouvrage. Vous avez désiré voir mes papiers pour être sûr de ma bonne foi (Tirant des papiers de sa poche.), voulez-vous les voir encore?

PREVOT, éloignant sa main.

Je sais que je puis me fier à vous.

SAINT-VAL.

Pourquoi donc est-ce que j'hésiterais? Vous m'avez annoncé, ce dont je ne me doutais pas, que le peuple conspirait sourdement contre les accapareurs, en attendant une occasion que vous comptiez bientôt faire naître, et vous m'avez proposé d'être des vôtres; j'ai dit, pourquoi pas? Vous m'avez engagé à venir ici ce soir; j'arrive à l'heure, que va-t-on faire? Vous voyez que mon parti est pris.

PREVOT.

Brave homme! Mais, peut-être, vous avez une famille?

SAINT-VAL.

Une famille! Je n'en ai pas. (A part.) Un vieil oncle avare qui vient de mourir en me déshéritant.

PREVOT.

Mais votre tranquillité?

SAINT-VAL.

Ma tranquillité! Ah! c'est peu de chose.

PREVOT.

Ainsi donc, vous êtes prêt à tout risquer.

SAINT-VAL.

Tout... Je n'ai rien à perdre.

PREVOT.

Le désespoir fait quelquefois plus encore que le courage. Jérôme Picot, je compte sur vous : vous allez tout savoir (Il ouvre la porte.). Boyrel!...

SCÈNE VIII

LES PRÉCÉDENS, BOYREL, GENS DU PEUPLE.

Ils entrent par la porte secrète et regardent Saint-Val avec défiance.

PREVOT, désignant Saint-Val.

Vous pouvez parler devant lui. (A Boyrel.) C'est l'homme dont je t'ai parlé.

(Boyrel et les gens du peuple font un signe de tête.)

BOYREL.

Voici les chefs des ouvriers de ce faubourg; quelques centaines de gaillards résolus rôdent autour de cette maison, prêts à accourir au moindre signe. Dans une demi-heure le nombre de nos compagnons sera plus que doublé.

PREVOT, aux gens du peuple, en leur tendant la main.

Soyez les bienvenus, mes amis, car aujourd'hui nous avons besoin de vous tous, pour frapper contre les traitans un grand et terrible coup. le dernier sans doute.

UN HOMME DU PEUPLE.

Que faut-il faire? Nous sommes prêts. Aussi bien, la plupart de nous ont épuisé leurs ressources. Si notre sort ne change pas cette nuit, demain nous mourrons de faim.

PREVOT.

Mes amis, si pour faire triompher le bon droit, nous avons recours à la force, souvenez-vous que le but de notre course aventureuse est la grande salle du parlement, et que notre route ne doit être marquée par aucun crime, par aucun excés, par aucune violence, si ce n'est pour entraîner avec nous, devant la barre du tribunal, nos ennemis qu'on veut laisser triomphans et impunis. Voici mon plan; écoutez : Aucun de vous ici, j'espère, n'a cru à mon apparente trahison. (Saint-Val fait un mouvement et prête l'oreille.) L'année qui vient de s'écouler, je l'ai passée tout entière à recueillir les preuves des infâmes manœuvres qui ont déjà tant désolé la France! mais ces preuves eussent été insuffisantes si je ne m'étais procuré, il y a quelques heures, la plus grande et la plus complète de toutes, le traité même que vous appelez le Pacte de famine!...

(Les gens du peuple font un mouvement.)

SAINT-VAL, vivement.

Le Pacte de famine! mais c'est impossible.

ACTE QUATRIÈME.

Un appartement dans l'intérieur de la petite maison de Malisset. Une porte au fond ; à côté , au fond , deux portes dont l'une conduit dans les jardins ; à droite , une fenêtre sur les jardins ; à gauche, une fenêtre donnant sur la campagne ; ameublement *rococo* riche, fresques de Watteau , peintures de Vanloo.

SCÈNE I.

MALISSET, DE CHAUMONT, PERRUCHOT, ROUSSEAU, Mlle PETIT-PAS, MARIANNE, CYDALISE , GOUJET.

(Les femmes sont assises sur un canapé, et babillent à voix basse. Chaumont, debout derrière elles, cause avec la Petit-Pas. De l'autre côté de la scène, Perruchot et Rousseau jouent aux échecs ; Malisset va et vient.)

ROUSSEAU, à Malisset.

Je vous dis, Malisset, que vous avez eu tort ! que votre M. de Beaumont n'est pas un homme sûr, et que votre confiance nous perdra quelque beau jour. M. de Sartine m'a rapporté des choses...

MALISSET.

Et moi je vous dis, mon cher, que le lieutenant de police a toujours à nous faire des confidences intéressées. Que diable ! de Beaumont n'a-t-il pas entièrement renoncé à nous faire la guerre depuis plus d'un an? C'est un homme d'esprit qui a compris enfin quel métier de dupe il avait choisi. Il s'est fait valoir, il est vrai, et il nous a long-temps poursuivis de grands mots d'humanité et de désintéressement. Eh bien ! eh bien !.. il avait ses raisons pour cela. C'était pour se faire acheter plus cher... Il sait fort bien que rien ne se vend plus avantageusement qu'une conscience incorruptible, et qu'une voix impartiale est devenue une chose hors de prix aujourd'hui. D'ailleurs , je l'ai tant compromis vis-à-vis de la canaille, qu'on ne croirait plus à sa sincérité s'il pouvait avoir la pensée de nous trahir ; il y a quelques jours à peine que des gens du peuple ont voulu l'assommer, en le traitant d'apostat. Allez, allez... je lui ai fait brûler ses vaisseaux, et c'était un coup de maître. (Riant.) Serait bien habile qui parviendrait à me tromper ! J'ai toujours le même bonheur au jeu, moi !.. je suis fin, allez.

DE CHAUMONT, tout haut.

Oui, en finance. (Bas à la Petit-Pas.) N'est-ce pas qu'il est bonhomme ?

LA PETIT-PAS, haut.

Il est charmant et je vous en remercie.

CHAUMONT, bas à la Petit-Pas.

Point de remerciment... j'ai eu un si charmant pot-de-vin, comme dirait le poète Dorat...

MARIANNE.

Mais en vérité, monsieur de Chaumont, vous ne m'parlez plus du tout...

DE CHAUMONT, à la Petit-Pas.

C'est de peur qu'elle ne me réponde. (Haut.) Ma toute belle, des amans comme il faut ne doivent pas s'adorer en public. (Bas à la Petit-Pas.) Cette petite sotte commence à m'ennuyer terriblement ; elle est indéniaisable.

LA PETIT-PAS.

Voilà ce que coûte la vertu économique.

MARIANNE.

Tiens, j'ai déchiré ma belle robe toute neuve d'aujourd'hui ; il faudra que je retrouve de l'étoffe pour y faire mettre une pièce.   (Rire général.)

ROUSSEAU, se levant.

Allons, je suis échec et mat : que le diable vous emporte, Perruchot ! et me rapporte les cinquante louis que vous m'avez gagnés en dix minutes. (A Malisset.) C'est vous qui êtes cause de mon guignon ce soir... les inquiétudes que me donne votre Prévôt de Beaumont me tournent la tête. Un homme qui a fait tant de pamphlets contre nous, et notamment avec l'économiste Turgot, ce fameux Mémoire...

MALISSET, avec impatience.

Mais il l'a déchiré. En vérité, Rousseau, vous êtes le conseiller le plus craintif et le plus obstiné !... puisque je vous dis que ce pauvre Beaumont est devenu aussi honnête que vous, que moi, que nous tous ; vous vous en convaincrez quand je vous le présenterai tout-à-l'heure. D'ailleurs vous savez que, grâce à vos persécutions, j'ai lâché à sa suite cet enragé de Saint-Val, qui dépiste un complot aussi bien que le plus fin limier de notre ami de Sartine ; et puisqu'il n'a rien dit, c'est qu'il n'a rien découvert, c'est qu'il n'y a rien à craindre.

DE CHAUMONT.

Malisset a raison : puisqu'on ne pouvait enchaîner ce Cerbère, il fallait lui jeter un gâteau, sauf à le mener ensuite à coups de pied.

ROUSSEAU.

Oui, et ce sera un gâteau de moins dans la part de tous les autres... et quel gâteau encore !...

MALISSET.

Ah ! voilà ce qui le blesse , ce cher conseiller : il craint toujours de n'en pas avoir assez ! Il est vrai que le Beaumont nous coûtera fort cher, lorsque nous réglerons avec lui... Mais, que voulez-vous ? ces avocats, on les paie à la parole !.. et ils sont si bavards ! D'ailleurs, rassurez-vous, Rousseau... sachez que ce mois-ci nous aurons à partager un million trente mille livres...

ROUSSEAU.

Trente-deux mille livres sept sous... Je sais le compte; mais avec des amis secrets qui nous pressurent à plaisir...

LA PETIT-PAS.

A l'amende, messieurs! pour avoir parlé de millions ce soir avant le souper, malgré votre promesse; songer à des bagatelles semblables quand nous sommes là! Vous nous donnerez à chacune, en réparation, une paire de ces nouveaux pendans d'oreille en gros diamans... comme je vous en ai montré l'autre jour, monsieur Malisset.

MARIANNE.

Oui, c'est cela.

MALISSET.

C'est juste, je me soumets... vous pouvez envoyer chercher les vôtres.

DE CHAUMONT.

Faites prendre en même temps les miens, Malisset, je vous devrai...

ROUSSEAU.

Oui, c'est cela. (A part.) On fait ces choses là en faux.

MARIANNE.

Non, décidément j'aime mieux autre chose; ça alonge trop les oreilles, et puis l'on a l'air d'un dessous de lustre.   (Nouveaux rires.)

MALISSET.

Messieurs, en attendant le souper, descendons... mon jardin est illuminé... (Aux valets qui entrent.) Si on venait nous demander, faites attendre; mais ne laissez descendre aucune personne quelle qu'elle soit... nous sommes en bonne fortune...

DE CHAUMONT.

Avec nos maîtresses!... il n'y a pas de quoi se vanter...

MALISSET, aux valets.

Dressez le souper, et à demain les affaires sérieuses.

(Ils sortent tous. Malisset ferme sur lui la porte du jardin.)

SCÈNE II.

(La scène reste vide un instant; les portes sont fermées; une porte du fond à droite s'ouvre: Saint-Val paraît, pâle et en désordre.)

SAINT-VAL.

Je lui ai échappé... je le devance de quelques minutes. Il a tiré un coup de feu sans m'atteindre... Personne! (Il ouvre la porte du milieu, un domestique paraît) M. Malisset, où est-il? il faut que je le voie à l'instant.

LE DOMESTIQUE.

C'est impossible; M. Malisset est descendu par le jardin, et il a défendu expressément qu'on le dérangeât. Je ne sais même pas où il est; la porte du jardin est fermée, et lui seul à la clé.

SAINT-VAL.

Oh! je le trouverai bien, moi. (Il écrit un mot au crayon.) Porte à l'instant ce mot chez le lieutenant de police.

LE DOMESTIQUE.

Mais, monsieur, je suis presque seul ici; je n'ose malgré l'ordre de mon maître.

SAINT-VAL.

Il n'importe, va toujours; il y a danger pour ton maître, va, cours. (Le domestique sort.) Fatalité! plus un seul domestique ici! Ce Malisset conservera sa confiance imbécile jusqu'au bout! et maintenant, dussé-je briser cette porte... (Il essaie d'ébranler la porte des jardins.) Impossible! Eh bien! cette fenêtre, j'appellerai, je crierai... je sauterai par là s'il le faut.

SCÈNE III.

(Au moment où il va sauter dans le jardin, Prevôt paraît, et ramène brusquement Saint-Val sur le devant de la scène.)

PREVOT.

Toi ici... misérable! oh! je devais m'y attendre.

SAINT-VAL.

Non, car tout-à-l'heure je servais de bonne foi Prevôt de Beaumont; mais maintenant je te hais... car l'homme à qui je dois tous les maux de ma vie, l'homme que je cherchais, c'est toi; oui, j'ai voulu te perdre, j'ai eu tort sans doute, puisque tu triomphes: fais de moi ce que tu veux... tu peux me tuer... mais, prends-y garde, ma vengeance peut survivre à ma vie... Que décides-tu?

PREVOT.

Écoute, mes gens sont autour de cette maison... Ils viennent de s'emparer du domestique que tu envoyais chez le lieutenant de police. Suis-moi à l'instant. Je te remets en leurs mains... ils te laisseront la vie... Mais si tu jettes un cri, si tu fais un signe aux gens de cette maison... alors je fais du bruit de ta mort un signal pour nos amis; tu le vois, tu ne peux plus rien contre moi... Marche donc, misérable...

SAINT-VAL.

Oh! insensé!...

PREVOT, l'ajustant.

Ah! viendras-tu?

SAINT-VAL, à part.

Les morts ont toujours tort... ils ne peuvent plus se venger... (Haut.) Je te suis!...

PREVOT, l'entraînant.

Viens donc.

SCÈNE IV.

MALISSET, entrant par la petite porte.

Personne!... Ah ça! qu'avait donc ce valet à me faire des signes par la fenêtre. (Imitant les signes.) Il avait l'air d'avoir pris des leçons de déclamation. On ne peut vraiment pas se promener à présent... Oh!... oh! bientôt dix heures et demie... (Apercevant les domestiques qui apportent une table servie.)

PREVOT , sans remarquer son émotion.

N'est - ce pas que c'est une grande et difficile conquête? et pourtant l'acte est là, en lieu sûr ; vous voyez-bien que notre cause triomphe : il ne s'agit plus que de savoir profiter de la victoire.

SAINT-VAL , à part.

Diable !... diable !...

PREVOT.

Malisset sort d'ici ; il m'a invité à une fête qu'il donne dans sa petite maison du faubourg du Roule , une fête dont une hausse dans le prix du pain doit payer les frais : tous les accapareurs y seront ; j'irai, mais avec deux cents hommes armés qui se tiendront cachés. A l'heure convenue, ils envelopperont tous nos ennemis, qui seront livrés demain à la justice du Parlement. Boyrel, tu commanderas ces hommes ; (à Saint-Val.) et toi, tu les suivras, Picot, tu as fait tes preuves pour mériter le poste le plus périlleux.

SAINT-VAL.

Oui , oui, je suis tout à vous. (A part.) C'est qu'en vérité tout cela tourne très mal pour Messieurs de la finance.

PREVOT , aux autres gens du peuple.

Pour qu'il n'y ait plus un doute sur la justice de notre cause, il faut que tous leurs registres soient en notre pouvoir. Vous, mes amis , vous partagerez tous nos gens en troupes égales , et vous vous rendrez séparément aux différens bureaux des accapareurs ; toi Monnier, tu te rendras chez Malisset, faubourg Saint-Laurent ; toi Hubert, chez Rousseau , rue Bourbon-Villeneuve ; toi Georges , chez Lerey de Chaumont, rue Notre-Dame-des-Victoires.

BOYREL.

Non , je retiens celui là...

PREVOT.

Ce n'est pas tout, j'exige de vous le serment solennel d'épargner la vie des accapareurs, de respecter leurs biens , de protéger leur famille ; les preuves de leurs crimes , voilà tout ce qu'on doit leur prendre (Silence du peuple.). Il me faut ce serment , ou tout est rompu.

UN HOMME DU PEUPLE.

Nous ont-ils épargnés , nous ?

PREVOT.

Ami , laissez faire le parlement ; après la victoire, votre seule justice à vous ce doit être la clémence. Me le promettez-vous ?

TOUS.

Oui , oui , nous vous le promettons.

SAINT-VAL , à part.

Ce complot me semble infaillible... d'autre part , je n'ai pas à me louer de Malisset.

PREVOT , regardant sa montre.

Il est neuf heures ; quand onze heures sonneront il faut que l'entreprise éclate sur tous les points désignés. Si nous réussissons, il y aura demain du pain pour vous, pour vos familles , pour toute la France. A vos postes , mes amis... Moi je vais chez Malisset A onze heures.

BOYREL et les autres.

A onze heures !

(Les gens du peuple sortent tous par la porte secrète, excepté Saint-Val.)

SCÈNE IX.

PRÉVOT DE BEAUMONT, SAINT-VAL.

PREVOT , sans voir Saint-Val , est resté tout pensif ; il remonte vivement la scène et met son manteau.

Partir sans revoir ma femme... ma pauvre Louise, malgré la promesse que je lui ai faite !... Oh! non !...

(Il fait quelques pas vers la chambre de Louise.)

SAINT-VAL. , à part.

Ah! il est marié !... Un conspirateur, tant pis.

PREVOT.

Je sens que sa vue m'ôterait tout mon courage : d'ailleurs elle dort, et peut-être ne s'apercevra-t-elle pas de mon absence ! Partons.

(Au moment où il se retourne pour sortir, il se trouve face à face avec Saint-Val.

SAINT-VAL.

Bien joué, mon maître , bien joué! et vous pouvez m'en croire, car je m'y connais.

PREVOT.

Vous êtes encore ici, Jérôme.

SAINT-VAL.

Il n'y a plus ici de Jérôme Picot, il n'y a que le chevalier de Saint-Val.

PREVOT.

Saint-Val... Ce nom... Que signifie ?

SAINT-VAL.

Écoutez-moi. Il y avait un homme qui devait vous trahir ; cet homme était venu à vous, sous un déguisement, pour épier vos actions et en rendre compte à vos ennemis ; vous vous étiez fié à lui sans réserve ; il pouvait, il peut encore faire avorter tous vos projets.

PREVOT.

Monsieur. .

SAINT-VAL.

Rassurez-vous ; car heureusement cet homme, dont je vous parlais tout à l'heure, a trouvé que vous jouiez mieux que vos adversaires, et que vous aviez plus de chances pour gagner la partie ; or, comme lui-même a droit d'être difficile en fait de partenaire, il passe de votre côté et se propose de tenter le sort avec vous. D'ailleurs, peut-être la mission qu'il avait acceptée contre vous ne vous dispose-t-elle pas à l'accueillir ; mais de singuliers événemens ont agité sa vie, et sans les rigueurs d'une femme, qu'il a la folie d'aimer ou de haïr encore, il n'eût jamais sans doute accepté un emploi des mains de nos plus honorables financiers. Cet homme donc se trouve las de son métier, ou peut-être son métier est-il las de lui ; il regrette depuis long-temps son indépendance, et il profite de cette occasion pour la reconquérir avec avantage. Il est inutile de vous dire que cet homme c'est moi ; en deux mots, me voulez-vous?... répondez.

PREVOT.

Vous!... Et qui me prouve que vous ne me trompez pas comme vous les avez trompés?

SAINT-VAL.

Ma parole, que je n'ai jamais daigné donner à Malisset, car si je ne suis plus tout-à-fait honnête homme... je suis encore entièrement gentilhomme.

PREVOT.

Mais ne serait-il pas plus sûr pour moi de frapper ici en vous le transfuge de nos ennemis, qui, demain peut-être, sera le transfuge de notre parti? Qui m'en empêcherait?

SAINT-VAL.

Ceci. (Il lui présente le canon de deux pistolets.) Oh! je suis homme de précaution avec mes amis. Je n'ai encore rien dit à Malisset; si je me tais, et surtout si je vous aide, votre rêve se réalise; le peuple a du pain, et, ce qui vaut mieux encore, l'état ne se chargera pas de vous en fournir le reste de vos jours. Si vous faites avec moi de l'indignation à main armée, vous êtes mort, ou embastillé tout au moins... Ainsi, c'est à vous de choisir.

PREVOT, à part.

Compromettre une si noble cause en lui donnant pareil défenseur! mais je dois à tout prix épargner des ennemis au peuple. Qu'importe, quand la balle frappe le but, de quelle arme elle est sortie! (A Saint-Val.) Mais si j'acceptais, monsieur, quelles garanties me donneriez-vous?

SAINT-VAL, vivement.

Quelles garanties? Mais qui me forçait de vous dire mon nom si je voulais vous trahir? Votre vigilance vous a-t-elle fait découvrir qui j'étais? n'étiez-vous pas venu vous mettre en mon pouvoir? Qui m'engageait donc à me livrer au vôtre? Puisque ma volonté seule m'attire auprès de vous, c'est que ma volonté est franche et bien arrêtée... Que diable! croyez à ma parole comme je crois à la vôtre; entre conspirateurs bien nés c'est le moins qu'on se doive. Ma vie entre vos mains, et plus encore, mon intérêt, ne vous répondent-ils pas de moi?... Et tenez, j'ai des armes... les voulez-vous?...

PREVOT, après un moment d'hésitation.

Oui, monsieur... si ma vie seule était compromise, je dédaignerais d'en prendre tant de soin... mais le salut de tout un peuple m'est confié, et, pour remplir ma tâche, je ne dois reculer devant aucune précaution. Je compte sur vous... d'ailleurs, une récompense...

SAINT-VAL.

Ah! j'y compte bien aussi. (A part.) Le peuple pillera évidemment les maisons... Je sais où est caché certain coffre-fort qui pourrait servir de contrepoids au trésor royal... et, dans le désordre... (Haut.) Ainsi donc, marché conclu, monsieur. (Il tend la main à Prevot, qui s'éloigne.) Ah! vous avez des préjugés... (A part, et froidement.) Il les a repris avec mes pistolets... Enfin, je ne lui en veux pas... ce n'est pas lui que je sers...

PREVOT, à part.

Je ne le perdrai pas de vue un seul instant. (Haut.) Partons, monsieur, partons, on nous attend.

SAINT-VAL.

Je suis aussi pressé que vous.

(Prevot de Beaumont, au moment de sortir, s'arrête épouvanté en voyant s'ouvrir la porte de la chambre de Louise.)

SCÈNE X.

LES MÊMES, LOUISE, pâle, en blanc, un flambeau à la main.

PREVOT.

Grand Dieu, ma femme! Elle ne nous voit pas; son sommeil est un délire.

SAINT-VAL, cherchant à voir les traits de Louise.

(A part.) Sa femme, pardieu l'aventure est plaisante! Est-elle jolie au moins?   (Il l'aperçoit.)

PREVOT.

Et comment l'arracher à cet accès...

LOUISE, s'avançant lentement vers la boiserie, et s'arrêtant devant l'endroit où sont cachés les papiers.

(A demi-voix.) Les papiers sont là; si on le savait, il serait perdu... ils le tueraient, peut-être. Mais, ces papiers précieux, on ne les enlèvera pas! Je les garde, moi, je veille sur eux; on ne les enlèvera pas...

SAINT-VAL, à part la reconnaissant.

Est-ce une illusion? Cette voix... Louise!... C'était son mari... c'était celui que je cherche depuis si long-temps.

PREVOT.

Je n'ose la réveiller au moment où je pars.

SAINT-VAL, à part.

Qu'elle est belle! Ah! elle ne l'aura pas préféré impunément!

LOUISE.

Mon Dieu! il doit partir, il veut se perdre.. Il sait pourtant bien que je ne puis lui survivre!

SAINT-VAL, à part, avec rage.

Comme elle l'aime!

LOUISE.

Mais non... non... il me promet, il restera; il vivra pour nous...

PREVOT.

Que faire? l'heure presse, le peuple me réclame. (A la servante qui a paru au fond.) Attendez son réveil, et ne la quittez pas un seul instant. Venez, Saint-Val.

LOUISE, s'agenouillant.

Mon Dieu! je vous rends grâce, il est sauvé.

SAINT-VAL, à part, en sortant.

Il est perdu!...   (Le rideau baisse.)

Ah! je comprends... sans doute il voulait me faire signe que le souper était prêt et que le rôti allait brûler! il sait que j'aime tant le rôti! je l'excuse... Cependant il m'a dérangé dans un bien beau moment... La Petit-Pas allait peut-être m'avouer qu'elle m'aimait pour moi-même... (*Apercevant Prevot de Beaumont.*) — Ah! c'est vous, mon cher de Beaumont, vous arrivez à propos, voici tout notre monde!...

SCÈNE V.

MALISSET, LEREY DE CHAUMONT, PREVOT, ROUSSEAU, MARIANNE, LA PETIT-PAS, FINANCIERS et FEMMES.

MALISSET.

Le voilà, messieurs, ce philosophe farouche, qui avait trop d'esprit pour nous faire une éternelle guerre ; le voilà, il est à nous... Je vous l'amène pieds et poings liés! C'est notre plus belle conquête.

LA PETIT-PAS.

Il n'est pas mal pour un philosophe.

MARIANNE.

Qu'est-ce que ça, un philosophe?... Est-ce autant qu'un marguillier?...   (*On rit.*)

LEREY DE CHAUMONT, insolemment e, à Prevot.

C'est plus lucratif... n'est-ce pas?

PREVOT, à part. Il jette les yeux sur 'a pendule.

Dix heures et demie!... Ayons patience quelques minutes, j'ai eu patience pendant des années.

ROUSSEAU.

Monsieur, m'a-t-on dit, pourtant nous jurait il y a deux ans guerre à mort!...

PREVOT.

Je ne jure plus, monsieur, les conseillers ont perdu les sermens de réputation.

LEREY DE CHAUMONT.

Bravo! bien appliqué!... mon cher Rousseau!

ROUSSEAU.

Monsieur...

PREVOT.

Ah! monsieur est conseiller peut-être... Pardon... j'ignorais...

LEREY DE CHAUMONT.

Laissez donc, mon cher de Beaumont, de lui à vous il n'y a pas de quoi se fâcher... Pas de colère, de part ni d'autre... que diable il n'y a que des vérités qui offensent...

PREVOT.

Dieu me garde de vous offenser, monsieur le chevalier.

LEREY DE CHAUMONT.

Plaît-il?...

MALISSET.

Allons, allons, Messieurs, à table ; c'est assez d'esprit comme cela...

PREVOT.

Du moment que vous parlez... monsieur Malisset, il n'y en aura plus...

MALISSET.

A la bonne heure, j'aime qu'on ait de la déférence pour moi. Messieurs, puisque nous sommes entre nous, je vais vous annoncer une nouvelle qui vous mettra en appétit : c'est que demain nous aurons une petite hausse, ce qui augmentera notre part de quelques mille livres le mois prochain! Ainsi, buvez et mangez sans crainte!... c'est le peuple qui paiera.

LEREY DE CHAUMONT.

Messieurs, je propose une santé d'enthousiasme, et avant le dessert, une santé que nous devons bien! au bon peuple de Paris!

TOUS.

Au peuple de Paris!...   (*Onze heures sonnent.*)

PREVOT, se levant et jetant son verre.

Le peuple de Paris portera sa santé lui-même, et dans vos verres, messieurs! (*Il s'approche de la fenêtre.*)   (*Étonnement général.*)

MALISSET.

Eh! bien, qu'avez-vous donc, mon cher de Beaumont?...

PREVOT, d'une voix tonnante.

Je quitte cette table, parce que dans ce vin il y a des larmes... parce que le bruit de ces verres ne peut m'empêcher d'entendre les malédictions d'un million de familles qui demandent du pain... parce que vous êtes tous des infâmes, et que cette pendule qui vient de sonner, est pour vous l'horloge de la Grève...

LEREY DE CHAUMONT.

Cet homme est insensé!...

PREVOT.

Il n'y a ici d'insensés que vous, qui me croyez votre complice!...

(*Bruit au dehors, on enfonce les portes. Les femmes s'évanouissent ou cherchent à fuir.*)

MALISSET.

Fuyons! fuyons! (*Il se précipite vers la porte.*)

CHAUMONT, tirant son épée.

Défendons-nous!...

PREVOT, tirant la sienne et se plaçant au fond.

Personne ne sortira d'ici que le peuple n'y soit entré...

MALISSET.

Ah! nous sommes perdus!.. je vais être massacré le premier...

PREVOT.

Pas une goutte de votre sang ne coulera! vous, frappés comme des combattans!.... assassinés comme des martyrs!... non pas!... non pas!... Il faut que la mort soit pour vous lente, solennelle, ignominieuse, il faut que ce soit un châtiment et non pas une vengeance! N'ayez pas peur maintenant, messieurs de la finance! Le peuple n'a pas pitié de vous... il ne veut pas vous épargner un seul échelon du pilori... un seul degré de l'échafaud!... (*On entend le peuple briser les portes intérieures.*) Par ici, par ici, mes amis!...

(*Le peuple entre en désordre sur la scène par toutes les portes.*)

SCÈNE VI.

Les Précédens, BOYREL, Le Peuple.

(*Étonnement des gens du peuple, en voyant tant de richesses.*)

PREVOT.

Approchez, approchez, mes amis; votre œuvre est bien commencée!.. Tenez, celui-ci est Per..uchot, régisseur général, celui à qui on avait affermé la famine dans le Berry, le Perche, la Normandie, la Bretagne et l'Anjou! Cet autre, c'est le conseiller Rousseau qui avait pris à bail la dépopulation de la Brie, de la Beauce, du pays Chartrain, de la Bourgogne, de la Champagne; celui-là, c'est Lerey de Chaumont qui est venu couvrir de son blason déshonoré un registre de marchand; voilà Goujet, directeur-caissier de l'horrible entreprise, celui qui s'est vanté de faire le mieux suer de l'argent au peuple; et enfin celui qui se roule à vos pieds avec tant de terreur... c'est Malisset, l'ancien boulanger de la rue Baudrier, qui vendait du pain à faux poids, avant de l'ôter à ses frères; Malisset, le premier signataire, l'agent responsable, le provocateur du *Pacte de famine...* Je vous les ai tous promis!... Comptez!... les voilà!...

VOIX, dans le peuple.

A mort!... à mort!...

PREVOT.

Vous avez oublié votre serment! respect à la vie et aux biens de ces hommes!... Si toutefois vous avez faim, il est bien juste que vous preniez votre part d'un repas dont vous avez payé les frais... mettez-vous à table, ces messieurs vous invitent.
(*Le peuple témoigne par des signes qu'il refuse de se mettre à table.*)

BOYREL, *s'approchant de Marianne, à demi-défaillante, et qu'il vient d'apercevoir.*

Vous ici, malheureuse... Ah! du moins ôtez ces diamans devant moi. (*Il lui arrache ses diamans et les foule aux pieds.*)

PREVOT.

Faites sortir ces femmes... nous ne nous abaissons pas à de tels ennemis.

BOYREL, *bas à Marianne, qui sort la dernière en pleurant.*

Pourtant si vous manquez un jour de pain, Marianne, venez en chercher... votre frère vous en donnera.

(*Entre un homme du peuple, qui parle bas à Boyrel.*)

BOYREL, *bas, à Prevot.*

J'en étais sûr... l'homme que vous nous aviez confié et que vous nous aviez défendu de tuer a disparu dans le tumulte... il a sans doute donné l'alarme... des troupes parcourent la ville... nous sommes trahis...

PREVOT.

Qu'importe... j'ai mes preuves.

LE PACTE DE FAMINE.

LEREY DE CHAUMONT, *qui s'était approché de la fenêtre.*

Messieurs, on vient à notre secours... des soldats remplissent le jardin... c'est à votre tour de trembler! Ce pacte qu'on nous reproche si amèrement n'est qu'une invention de nos ennemis et le parlement nous fera justice de cette insolente trahison.

SCÈNE VII.

Les Mêmes, un Commissaire, des Soldats.

LE COMMISSAIRE.

Monsieur de Beaumont, vous avez à répondre d'une entreprise à main armée, dont vous êtes le chef, contre l'administration des blés. Prévenus à temps, nous avons empêché la descente des révoltés dans les bureaux, et nous avons arrêté les plus mutins... on a investi votre domicile.

BOYREL.

Grand Dieu!...

PREVOT, à Boyrel.

N'aie pas peur! il est impossible de découvrir les papiers... (*Haut.*) Monsieur le commissaire, si vous n'étiez venu je vous aurais fait chercher. Je prends sur moi seul la responsabilité de cette entreprise, j'en délivre tous ces braves gens qui n'ont fait que m'obéir... J'accuse solennellement devant le parlement messieurs les financiers, ici présens, de crime de lèze-majesté divine et humaine... Je fournirai les preuves... j'ai en mon pouvoir une copie authentique du *Pacte de famine*, datée du 28 août 1765.

MALISSET, à Lerey de Chaumont.

Plus de ressource! le parlement ne peut nous absoudre! nos amis eux-mêmes nous en ont prévenus.

LE COMMISSAIRE.

Soit... mais en attendant vous êtes mon prisonnier... Veuillez me remettre votre épée.

(*Prevot donne son épée.*)

SCÈNE VIII.

Les Mêmes, LOUISE, qui s'est glissée parmi les soldats.

LOUISE, bas à Prevot.

Charles... on t'arrête, je l'avais prévu; mais n'aie pas peur... tu peux tout nier... il n'y a plus de preuves... j'ai brûlé les papiers!

PREVOT, avec effroi.

Quels papiers?..

LOUISE.

Mais les papiers qui te compromettaient, ceux que je t'ai vu cacher dans une cassette, derrière les panneaux de la boiserie...

PREVOT.

Malheureuse... Ah! c'est impossible, tu n'as pas fait cela?

LOUISE.

Mais il le fallait... des soldats se sont présentés à notre porte... et puis ce billet au crayon m'avait averti...

PREVOT.

Un billet... et de qui ?..

LOUISE.

De ce Jérôme Picot qui t'a sauvé la vie...

PREVOT.

Saint-Val ! Saint-Val !.. (Il prend le billet des mains de Louise et le lit.) « Brûlez tous les papiers de votre mari ou il est perdu... » Allons... (Avec un désespoir amer.) Tout est dit...

MALISSET.

Nous sommes sauvés.

LOUISE.

Charles, mais qu'ai-je donc fait ?...

PREVOT.

Rien !... rien !... tu m'as perdu ! tu as sauvé les assassins de ta mère, voilà tout...

LOUISE.

Ah ! mon Dieu...

BOYREL.

Ah ! nous ne souffrirons pas qu'on l'arrête.
(Mouvement du peuple.)

PREVOT, aux gens du peuple.

La résistance serait inutile, amis. (Au commis-saire.) Monsieur, vous aviez raison : je ne suis qu'un vil agitateur ; ces messieurs sont tous d'honnêtes gens... c'est moi qui suis le calomniateur... (Il rit amèrement.) (Au commissaire.) Allons, monsieur, marchons... J'ai perdu la partie.

LOUISE.

Charles, je m'attache à toi... Non, vous ne l'em-mènerez pas...

PREVOT.

Adieu !.. adieu, Louise... il le faut...

LOUISE.

Non ! Dieu ne permettrait pas que je fusse deux fois si malheureuse et si coupable !.. Après avoir tué ma mère, je t'aurais aussi perdu, Charles ; mon affection serait mortelle à tous ceux que j'aime... Oh ! vous ne me l'enlèverez pas , j'irai me jeter aux pieds du roi... Oui, je ne sais ce que je ferai, mais cette infâme captivité ne durera pas...

MALISSET, haussant la voix.

Elle durera... tant qu'il y aura une Bastille.

BOYREL, vivement à ses amis

Ça ne sera peut-être pas long !

(On emmène Prevot de Beaumont. Louise est évanouie. Les financiers se réjouissent. — La toile tombe.)

ACTE CINQUIÈME.

14 juillet 1789. — Une salle basse à la Bastille. — Fenêtre, portes latérales.

SCÈNE I.

SAINT-VAL , portant un riche costume militaire. Il est lieutenant pour le roi à la Bastille. ROBERT, porte-clés.

SAINT-VAL.

Ainsi donc , il règne toujours dans les faubourgs une sourde agitation ?

ROBERT.

Oui , monsieur, et l'on dit même que le peuple doit venir en armes attaquer la Bastille.

SAINT-VAL.

Oui.., si je ne fais d'avance arrêter le chef de ce complot, et notre ami Marcel m'a promis de me le livrer... A propos, dès qu'il rentrera, vous me préviendrez...

ROBERT.

Oui , monsieur le lieutenant. (Il veut sortir.)

SAINT-VAL , écrivant.

(Donnant des lettres au porte-clés.) On fera parvenir sur-le-champ cette lettre à M. Decrosne, le lieutenant de police ; cette autre, à M. le contrôleur-général des finances. Ce n'est pas tout. (Il tire de sa poche un paquet cacheté.) Voici un ordre que j'ai écrit depuis qu'on a pris les armes... Cet ordre.. (Se ravisant un peu, à part.) Non, non, je ne se-rais pas assez sûr de lui si nos ennemis l'empor-taient.

ROBERT.

Eh bien ! monsieur...

SAINT-VAL.

Non , j'ai changé d'avis... J'attendrai... Allez... (Il remet le paquet dans sa poche. Le porte-clés sort.)

SAINT-VAL , seul.

Ainsi donc , cette populace des faubourgs recommence à se remuer !... Ils ont faim ! Il est vrai que nous ne pouvons pas trop nous plaindre ! Si j'ai bonne mémoire, le pacte de famine a commencé en 1741, et nous sommes en 1789, et depuis ce temps nous n'avons eu à réprimer que la folle tentative de ce fanatique de Prevot de Beaumont. et cette autre guerre ridicule qu'on a surnommée la guerre des farines. Oh ! pas de craintes sérieuses. (Réfléchissant.) J'obtiendrais certainement de M. le lieutenant de police les cinq cents louis de ma dernière dette de jeu, si je pouvais... Ah ! que Marcel tarde à revenir... J'ai donné ma confiance un peu vite à ce jeune garde-française ; mais, depuis quinze jours qu'il vient à la Bastille, je lui ai reconnu tant de dispositions... Le voici, enfin...

SCÈNE II.
MARCEL, SAINT-VAL.

SAINT-VAL.

C'est vous, mon cher élève... je vous attendais avec impatience... Eh bien ! avez-vous découvert quelque chose ?

MARCEL.

J'ai fait beaucoup pour notre cause.

SAINT-VAL.

Quel est le motif de l'agitation du peuple ?

MARCEL.

Le pacte de famine.

SAINT-VAL.

Toujours... C'est bien ce que je pensais... Et connaissez-vous le chef de ce complot ?

MARCEL.

Je le connais.

SAINT-VAL.

Se peut-il ? Vous le connaissez... Son nom... son nom... (A part.) Oh ! mes cinq cents louis... je les tiens...

MARCEL.

Un instant! Donnant... donnant !...

SAINT-VAL.

Ah ! je comprends... mais vous aurez part à la récompense que j'attends du pouvoir mystérieux... plus souverain que le roi, et qui me fait ici, moi, son agent, plus puissant que le gouverneur.

MARCEL.

Oui... je sais qu'un jour nous aurons à compter ensemble ; mais ce n'est point l'argent qui me tente ; d'ailleurs, c'est par conviction que j'agis.

SAINT-VAL.

Ah ! c'est par conviction que vous êtes... Enfin, il y a des vocations partout... Que désirez-vous donc ?...

MARCEL.

Seulement une franche réponse à ce que je vais vous demander.

SAINT-VAL, à part.

C'est à faire mentir d'avance, ce qu'il me dit là... (Haut.) Parlez, mon cher Marcel.

MARCEL.

Oh ! un simple mouvement de curiosité... N'y a-t-il pas à la Bastille d'autres prisonniers que ceux que je connais ?

SAINT-VAL, à part.

Où veut-il en venir ?... (Haut.) Mais non... mon cher Marcel... il n'y en a pas d'autres ; et maintenant, puis-je savoir dans quel but vous me faites cette question ?

MARCEL.

J'ai une vengeance terrible à exercer... Elle est déjà à demi satisfaite... mais, s'il n'y a pas à la Bastille d'autres prisonniers que ceux que je connais... le but de ma vie ne peut être complètement atteint.

SAINT-VAL, à part.

Sa vengeance est déjà à demi satisfaite... Que veut-il dire ?... Celui qu'il va me livrer... serait-ce... (Haut.) A présent que j'ai répondu à vos questions, j'ai le droit de vous interroger. Quel est le nom de l'homme qui soulève aujourd'hui le peuple ?...

MARCEL.

Cet homme... c'est Jules de Beaumont... fils de Prevot de Beaumont, qui continue l'œuvre de son père.

SAINT-VAL.

C'est lui... Vous en êtes sûr, et vous pourrez le faire tomber en mes mains ?

MARCEL.

Non sans peine... mais je veux remplir ma tâche à tout prix.

SAINT-VAL, à part.

C'est bien cela. (Haut.) Répondez-moi... N'est-ce pas ce sentiment de vengeance dont vous me parliez tout-à-l'heure qui vous a fait dénoncer Jules de Beaumont ?

MARCEL.

Vous ne vous trompez pas. Mes sentimens pour lui sont tels qu'il est le seul homme que je puisse vous livrer sans remords...

SAINT-VAL.

Mais alors, pourquoi ne l'avez-vous pas fait arrêter à l'aide du billet que je vous avais donné pour obtenir la confiance du lieutenant de police ?

MARCEL.

Pour le moment, encore, il est hors de votre puissance ; mais veuillez me permettre de retourner aux renseignemens, et je vous donne ma parole qu'aujourd'hui même vous le verrez à la Bastille.

SAINT-VAL.

Bravo, mon cher Marcel... Vous entendez ce métier-là comme un ange... et vous me ferez honneur. (A part.) J'avais tort de me défier de lui... C'est le fils de quelque ancien ennemi des Beaumont... un complice des accapareurs, sans doute... peut-être mon successeur auprès d'eux... Et cet ordre secret... dont je n'ai osé charger Robert... (Haut.) Allez, procurez-vous tous les détails du complot ; informez-vous de toute l'histoire de Jules de Beaumont. De plus, mon cher Marcel, on dit que le peuple veut attaquer la Bastille... mais il y a encore loin de la Bastille à Versailles ! Dans le cas d'un assaut, mes épaulettes m'appellent sur les remparts. . et c'est à vous, qui n'avez pas un devoir officiel, de vous charger d'une mission particulière qui exige du temps... Puis-je me confier à vous, dans cette occasion comme dans les autres. . où vous m'avez si bien servi ?

MARCEL..

Absolument.

SAINT-VAL.

Vous le jurez...

MARCEL.

De vous servir comme je l'ai fait? oh! j'en fais le serment! un serment solennel...

SAINT-VAL, à part.

Il faut toujours faire jurer, c'est une bonne précaution; qui sait? on tiendra peut-être son serment...

MARCEL.

Eh bien!... cette mission?

SAINT-VAL.

L'objet en sera contenu dans un écrit cacheté. Vous observerez attentivement le combat, et vous exécuterez cet ordre si le peuple a le dessus.

MARCEL.

Mais où trouverai-je cet écrit?

SAINT-VAL.

Vous le saurez à votre retour... Si vous vous montrez honnête homme en tout ceci, vous serez magnifiquement récompensé... peut-être ma survivance...

MARCEL.

Votre survivance!

SAINT-VAL.

Oui... (Passant la main sur ses broderies.) Dans les combats l'or appelle le plomb... Vous comprenez?

MARCEL.

La chose en effet n'est pas impossible.

SAINT-VAL.

Et puis, de toute façon, je ne veux pas rester ici... Je veux sortir, pour monter. Mais pour vous, un commençant, mon emploi de lieutenant à la Bastille ce sera magnifique... Vous verrez... on y est fort bien, à la Bastille... Quand on la gouverne! on peut y appeler le plaisir... et quand une fois on a mis des tentures aux murailles, qui diable distinguerait la prison d'un palais! Les monumens sont comme les hommes, tout tient à la manière de les habiller; victoire donc à celui qui sait le mieux se faire vêtir. Mais, ne perdez pas un instant... nous avons encore deux heures avant que le jour paraisse... A l'œuvre, mon cher Marcel...

MARCEL.

Oui... à l'œuvre!　(Il sort.)

SAINT-VAL.

Mais qui vient sitôt... Ah! c'est ce bonhomme de Malisset.

SCÈNE III.

SAINT-VAL, MALISSET, très effrayé.

SAINT-VAL.

Vous, à cette heure, monsieur Malisset?

MALISSET.

Je ne sors plus au grand jour, monsieur le chevalier.

SAINT-VAL.

Pourquoi donc cela, mon cher financier? je ne vous trouve pas tellement laid...

MALISSET, très vivement.

Mais ce n'est pas cela... Vous ne savez donc pas ce qui se prépare, monsieur le chevalier? Le peuple s'agite dans tout Paris; il a juré d'exterminer les accapareurs; l'exaspération est au comble: on crie: Mort aux voleurs!

SAINT-VAL, du même ton.

Eh bien! que vous importe, à vous, mon cher Malisset? que l'on crie: Mort aux voleurs... vous êtes retiré du commerce depuis long-temps...

MALISSET.

Il est vrai; mais on attaque les accapareurs présens et passés; on s'en prend à nos successeurs, et j'ai intérêt à ce qu'on ne fouille pas trop profondément dans leurs affaires, parce qu'on pourrait bien y trouver les miennes. Je viens donc en toute hâte vous prévenir de ce qui se passe.

SAINT-VAL.

Mille remercîmens, monsieur Malisset... mais j'en sais plus long que vous; car je tiens déjà le chef du complot. C'est Jules de Beaumont, le fils de notre ancien ennemi. (Souriant.) Vous voyez, mon cher Malisset, je suis encore votre maître!

MALISSET.

Il y aurait un moyen bien plus simple de conjurer l'orage qui nous menace tous pour le présent et l'avenir.

SAINT-VAL.

Quel est-il?

MALISSET, se rapprochant.

Prouver au peuple et aux soldats, à Jules de Beaumont lui-même, que le pacte de famine n'a jamais existé! Le seul acte qu'on devait invoquer contre nous a été détruit par l'épouse de Beaumont même; nous pouvons être réhabilités à tous les yeux.

SAINT-VAL.

C'est difficile! Après?

MALISSET, mystérieusement.

Et que ce Prevôt de Beaumont, que l'on a fait passer pour mort, afin que notre roi Louis XVI ne lui accordât pas sa grâce, existe encore.

SAINT-VAL.

Révéler l'existence de Prevôt de Beaumont!.. Mais savez-vous que tout ce que la puissance humaine a de ressources a été employé pour faire de sa vie un mystère, même aux yeux de nos espions? Dans quelque coin écarté de cette immense prison, on a creusé tout exprès pour lui un cachot inconnu, redoutable. Pour parvenir à ce cachot sans air et sans lumière, il y a à descendre des escaliers tortueux dont il faut compter chaque marche; il y a des secrets pour découvrir cette première issue, il y a des secrets pour arriver au cachot, il y a des secrets pour ouvrir la lourde et solide porte de fer qui se trouve au bout de la route. C'est là, sous une voûte épaisse qui étouffe les plaintes et les cris, que nous avons enseveli ce nouveau Masque-de-Fer; et si jamais le peuple pouvait envahir la prison, ce qui est difficile, et découvrir son cachot, ce qui se peut encore moins, des ordres seraient donnés d'avance pour qu'on n'y retrouvât point le prisonnier.

MALISSET.

Mais vous n'y pensez pas, mon cher chevalier! c'est le moyen le plus sûr que pas un de nous n'échappe à la vengeance du peuple! Ma tête et la vôtre sont condamnées d'avance, si Prevôt de Beaumont lui-même ne les défend... Saint-Val, pensez à vous-même.

SAINT-VAL.

Mon cher ami, la peur est une qualité qui m'a toujours manqué.

MALISSET.

Alors... ayez pitié de moi... de moi, à l'amitié de qui vous avez dû autrefois une fortune.

SAINT-VAL.

Oui, autrefois... votre amitié pour moi est ancienne... peut-être même trop ancienne... D'ailleurs je ne vois aucun moyen de vous servir de Prevôt de Beaumont pour arriver au but que vous désirez.

MALISSET.

Aucun moyen!... Que cet homme paraisse tout à coup, qu'il présente au peuple, ou que nous présentions un acte signé de sa main, un désaveu formel et explicite de tout ce qu'il a dit et fait au sujet du commerce des grains... N'est-ce pas un moyen simple et sûr de nous mettre à l'abri, moi, nos associés, et vous-même, en ôtant tout prétexte à la révolte qui s'arme pour venger la mort de Prevôt de Beaumont?

SAINT-VAL.

Le prisonnier voudra-t-il signer un pareil acte?..

MALISSET, mystérieusement.

Essayez : la signature de cet homme serait pour vous un bon de mille louis sur notre cassette particulière...

SAINT-VAL.

Mille louis!... à ce prix-là on peut faire jouer un ressort très puissant. Vous venez de me faire naître une idée... Mais, j'y pense, le gouverneur s'opposerait...

MALISSET.

Voici une autorisation. Maintenant le temps presse.

SAINT-VAL.

Une autorisation... (Lisant.) «Ordre de rendre la liberté au détenu de Beaumont, aux conditions que prescrira le sieur Malisset.» Vous êtes homme de précaution, mon cher financier... (Allant à une table et écrivant.) Je vais écrire l'acte nécessaire et le faire porter au prisonnier. S'il veut y mettre son nom, ce sera pour lui un sauf-conduit qui le rendra à sa femme et à son fils. Mais ils ne le reverront que vieilli et déshonoré par une dernière apostasie à la cause du peuple. (Appelant.) Robert, allez au cachot du détenu...

MALISSET.

Non... non... cette commission est trop délicate pour la confier à Robert.

SAINT-VAL.

Vous avez raison; les porte-clés ne sont pas payés pour tromper. (Haut.) Robert, donnez-moi les clés, j'irai moi-même.

MALISSET.

Je vais vous accompagner, mon cher Saint-Val.

SAINT-VAL.

Vous oubliez que les prisonniers de la Bastille sont invisibles pour tous autres que pour leurs gardiens et leurs juges; vous n'êtes ici ni l'un ni l'autre; d'ailleurs vous seriez capable de mourir de peur en descendant dans le caveau où est renfermé Prevôt de Beaumont.

MALISSET.

Je vous attends, car je n'oserais sortir du château sans cette déclaration.

SAINT-VAL.

Soyez tranquille, je n'épargnerai rien pour être agréable à un ancien ami dont l'affection pour moi est si loin de s'épuiser... Je ferai signer Prevôt de Beaumont... pourvu qu'il le puisse encore.

(Il sort.)

MALISSET.

Que veut-il dire?... pourvu qu'il le puisse encore.

SCÈNE IV.

MALISSET, ROBERT.

MALISSET, s'approchant de la fenêtre.

Mon Dieu!... mon Dieu!... il me semble que j'entends toujours les mêmes cris : Mort aux accapareurs!... le peuple s'agite toujours autour de la Bastille... Ah! je le disais bien, il n'y a qu'un homme qui puisse nous sauver. (Apercevant Robert.) Mais, à propos, ce Robert... Mon ami, vous êtes le porte-clés chargé de servir le détenu Prevôt de Beaumont?

ROBERT.

Oui, c'est moi-même.

MALISSET.

Vous pouvez parler sans crainte; vous savez que j'ai l'honneur d'être l'ami du chevalier de Saint-Val, permettez-moi de devenir le vôtre.

(Il lui offre de l'argent.)

ROBERT.

C'est inutile, vous avez la confiance de mon maître.

MALISSET.

Ah!... il est incorruptible!... je l'en estime d'autant plus que ma curiosité sera également satisfaite. (A Robert.) A quoi pensait le chevalier de Saint-Val, lorsqu'il semblait craindre que Prevôt de Beaumont ne pût signer.

ROBERT.

A l'état d'affaiblissement du prisonnier.

MALISSET.

Il est donc bien affaibli?...

ROBERT.

Sa captivité a été si longue... vingt-deux ans!..

MALISSET, avec terreur.

Oui... oui... vingt-deux ans !... ainsi bientôt sans doute ?...

ROBERT.

Peut-être il ne passera pas la journée, s'il ne change de cachot.

MALISSET.

Mais il ne nous sauvera donc pas !.. et aucun moyen de prolonger sa vie ?..

ROBERT.

Dans une autre prison, où il aurait de l'air... de la lumière...

MALISSET.

Alors il faut se hâter de le transporter ailleurs, l'humanité l'ordonne ! S'il succombait, nous serions tous perdus... Je vais supplier Saint-Val... il ne faut pas que Beaumont meure si vite ! ne souffrons pas qu'il abuse de notre position à ce point-là ! Mais j'ai tort de m'alarmer... cet homme, affaibli par les souffrances, ne pourra résister à l'espérance de la liberté, au désir d'embrasser sa famille... la liberté !... la famille !... Saint-Val est adroit, il aura su le décider.

SCÈNE V.
SAINT-VAL, MALISSET.

MALISSET.

Eh bien ?

SAINT-VAL.

Il a refusé. Déjà mourant, il m'a reconnu... Dans ce corps brisé reste encore une volonté inébranlable : ce sont les chaînes qui s'usent, et non pas lui.

MALISSET.

Ah ! je suis mort !... nous allons être massacrés quand la Bastille sera prise.

SAINT-VAL.

Le peuple prendre la Bastille ! allons donc, Malisset ! c'est le serpent et la lime.

ROBERT, à Saint-Val.

M. Marcel est là.

SAINT-VAL.

Justement vous pouvez dormir tranquille, Malisset ; voici quelqu'un qui me garantit le succès.

MALISSET, très effrayé.

Faites-moi sortir de la Bastille... j'aime mieux cela... j'aime mieux sortir...

SAINT-VAL.

Quelques-uns de nos gens vont quitter le château ; ils vous serviront d'escorte, et auront du courage pour vous.

MALISSET.

Merci, merci !... Oh ! mon Dieu, j'entends encore des cris... Ah ! c'est fini, je n'ai plus de bonheur au jeu.   (Il sort.)

SCÈNE VI.
MARCEL, SAINT-VAL.

SAINT-VAL.

Eh bien ! vous devez avoir de bonnes nouvelles a me dire ?

MARCEL.

Vous ne vous trompez pas, monsieur, et je vous apprendrai plus encore que vous ne pensez.

SAINT-VAL.

Avez-vous vu le lieutenant de police ? Jules de Beaumont est-il arrêté ?

MARCEL.

Tous les ordres sont donnés, et avant un instant peut-être, celui dont vous parlez sera à la Bastille.

SAINT-VAL.

De mieux en mieux, mon cher Marcel... Maintenant, dites-moi tout ce que vous avez appris à l'occasion de Jules de Beaumont, répétez-moi ses paroles, redites-moi ses actions, et ne me cachez rien ! (Il s'assied pour prendre des notes.)

MARCEL.

Vous allez être satisfait, monsieur. Lorsque Prevôt de Beaumont fut jeté dans des cachots, qui bientôt devaient lui être mortels, sa femme, cause involontaire de la perte de l'époux qu'elle adorait, faillit succomber à sa douleur ; mais elle se souvint qu'il lui restait un fils... Ce fils a été élevé, monsieur, dans les larmes et la misère. De tous les biens de son père, il ne lui est resté qu'un portrait : c'est devant ce portrait qu'ils s'agenouillaient le soir, lui et sa mère... Celle-ci pleurait, et sans se plaindre ; l'enfant pleurait de voir les larmes de la mère... Puis l'enfant devint jeune homme ! alors la mère lui raconta devant cette pieuse peinture toute l'histoire de Prevôt de Beaumont... Quoi ! (Avec chaleur.) mon père a fait cela ? disait-il... quoi ! ce martyr a été si bon fils pour la patrie ? et il n'a pu réussir à étouffer les monstres qui lui déchiraient le sein ? Oh ! je continuerai l'œuvre de mon père, et je n'ai pour cela qu'à le venger...

SAINT-VAL.

Mais que signifie ?...

MARCEL.

Voilà ce que disait Jules de Beaumont... et vous m'avez demandé de vous répéter ses discours, monsieur...

SAINT-VAL.

Après...

MARCEL.

Ce dessein était hardi : un enfant pauvre et sans pouvoir, entouré de gens pauvres et sans pouvoir, comme lui ! N'importe, il se fit soldat pour avoir le droit de porter une épée, et parvint de grade en grade a celui qu'il occupe aujourd'hui dans les gardes-françaises ! Alors il se présenta au peuple, pour recevoir de ses mains l'héritage de son père, le droit de poursuivre ses projets... et le peuple accepta les secours du fils comme il avait accepté ceux du père... Puis, après s'être adressé au peuple, il s'adressa aux soldats, ses camarades. De ce côté aussi, ses efforts ne furent pas perdus... et Jules de Beaumont, délirant d'orgueil et de bonheur, pensa qu'il était temps de donner le signal.

SAINT-VAL.

Mais enfin...

MARCEL.

Voilà ce que faisait Jules de Beaumont, monsieur et vous m'avez demandé de vous rendre compte de ses actions. Ce n'est pas tout, car vous m'avez fait promettre de ne vous rien cacher. Dans le legs que lui a fait son père, il y avait autre chose... une vengeance mystérieuse en dehors de toute passion politique, indépendante de tout intérêt populaire. Il existe un homme, un de ces serpens à venin mortel qui mordent au talon ne pouvant atteindre plus haut et n'osant attaquer en face... Cet homme, dont j'ignore le nom, avait osé adresser son amour de libertin à l'épouse de Prevot de Beaumont; femme, il l'a poursuivie de sa vengeance, comme il l'avait outragée, jeune fille, de ses séductions... Pour faire mourir lentement l'honnête homme qu'elle lui avait préféré, il ne s'arrêta devant aucun crime, il ne recula devant aucun opprobre : il se fit espion, délateur, geôlier, peut-être bourreau ! et ce fut en parlant de ce misérable que madame de Beaumont, après avoir montré une dernière fois à Jules le portrait de son époux, lui révéla où elle avait caché son épée.

SAINT-VAL, se levant.

Je vous remercie, monsieur, des renseignemens que vous venez de me donner. Mais bientôt Jules de Beaumont, arrêté avec d'insolens complices, expiera cruellement les folles tentatives de sa vengeance d'enfant et de sa conspiration de jeune homme.

MARCEL.

Il les expiera si peu que ce jour les verra triompher toutes deux, car le peuple si long-temps opprimé frappe enfin ses ennemis avec les débris de ses chaînes... et Jules de Beaumont, qui s'était fait l'espion de son ennemi pour savoir si son père existait encore, bien convaincu qu'il ne peut plus que le venger, peut enfin jeter le masque, et face à face avec cet homme exécrable, lui dire : Chevalier de Saint-Val... tu es un lâche, un infâme... assassin de Prevot de Beaumont, reconnais la main de Jules de Beaumont qui te flétrit avant de te tuer.

(Il lui jette son gant au visage.)

SAINT-VAL.

Toi, oh! c'est trop de bonheur; j'hésitais à te chercher, mais tu viens ici au devant de ma vengeance. Oh! tu viens m'outrager comme s'il était besoin de cela... Prevot de Beaumont a un fils qui porte l'épée... Oh! en garde! en garde!... (Il tire son épée.) Un duel à mort... sans pitié... sans témoins...

MARCEL.

Sans témoins... j'en attends un !

SAINT-VAL.

Qui donc ?

JULES DE BEAUMONT.

Le peuple !

SAINT-VAL.

Le peuple séparé de nous par ces murailles gigantesques?

JULES DE BEAUMONT.

Le peuple les écrase d'un pas... (Bruit de canon, de mousqueterie. Cris au dehors.) Et tiens, écoute-le venir.

SAINT-VAL.

Ce bruit?

JULES.

Ce bruit... c'est une monarchie qui s'écroule... c'est la Bastille qu'on prend d'assaut.

SAINT-VAL, faisant un mouvement pour sortir.

La Bastille !.. Oh! alors, le duel après le combat, j'ai mon poste à défendre.

JULES, se plaçant devant lui.

Tu ne sortiras pas... Ah! si j'ai pénétré ici par ruse et non dans un assaut, c'est afin que pas une goutte de ton sang n'échappe à cette épée... Tu ne sortiras pas ! je te retiendrai ici, dans un duel terrible où se personnifient nos deux générations !... duel à mort où tu dois succomber à coup sûr; car toi tu as pour témoin cette monarchie qui expire, moi j'ai pour second cette nation qui se lève...

SAINT-VAL.

Eh bien! quel que soit le triomphe des tiens, je te jure que tu ne le verras pas.

(Ils se battent au bruit de la cannonade.)

SAINT-VAL, toujours en ferraillant.

Je reconnais le canon de la Bastille... Tiens, c'est la garnison qui triomphe. (Il lui porte un coup d'épée qui le blesse légèrement.)

JULES, le frappant d'un coup mortel.

Et moi je reconnais le feu de nos frères! et c'est le peuple aujourd'hui qui tue...

(Saint-Val tombe. Une décharge plus terrible que les autres et les cris de : *Victoire au peuple*, retentissent dans le lointain.)

SAINT-VAL.

Malheureux! tu as cru venger ton père... tu l'as perdu... il existe.

JULES.

Mon père... mon père, où est-il?...

SAINT-VAL.

Ici... mais vous ne découvrirez pas son cachot. . il n'y peut plus vivre... une heure... oui, oui le terme fatal approche.

JULES.

Mon père!.. ici!.. il nous est donc rendu! car la Bastille est en notre pouvoir.

SCÈNE VII.

Les Mêmes, BOYREL, Gens du peuple.

BOYREL.

Le peuple commence à démolir le château; tous les cachots ont été fouillés. On a visité la forteteresse jusque dans ses fondemens, la terre jusque dans ses entrailles; notre espoir était vain. Prevot de Beaumont n'a point reparu au jour... mais du moins nous sommes vengés, le gouverneur et les porte-clés ont été tués.

SAINT-VAL, à Boyrel.

Bien, bien, c'est Prevot de Beaumont que vous avez frappé en immolant ceux qui possédaient mon secret. Va, va, triomphe jeune homme, tu nous as tués tous deux.

SCÈNE VIII.

LES MÊMES, LOUISE entrant précipitamment.

LOUISE.

Jules! Jules! Ah! Dieu m'a conservé mon fils... mais mon époux...

JULES.

Il existe! (Mouvement de Louise.) Mais voyez cet homme... (Il montre Saint-Val.) seul il connaît le lieu impénétrable où il a caché mon père et il va mourir sans le révéler.

LOUISE.

Saint-Val! oh! ne soyez pas inexorable, au nom de la pitié, au nom de l'honneur dites-moi où est mon époux?...

SAINT-VAL.

Lui!...

LOUISE.

Saint-Val, vous allez paraître devant Dieu!... devant Dieu qui vous laisse un moment, un seul! pour réparer tant de fautes! Vous pouvez, comme Dieu, rendre la vie aux morts et le bonheur aux vivans!... Ayez pitié d'une épouse qui a pleuré vingt-deux ans, et pleuré par vous. Pour tant de larmes, d'angoisses, de misère, je ne vous demande qu'un mot... mais vous ne répondez pas, il va être trop tard... Ah! je vous le jure, au nom de ce Dieu qui m'éclaire et m'inspire! son pardon est à ce prix comme le mien... Saint-Val, que votre repentir ouvre une tombe, et moi, moi! je vous ouvre le ciel.

SAINT-VAL.

Mon secret, je le garde, je meurs vengé...

(Il meurt.)

LOUISE.

Mort!...

BOYREL, examinant Saint-Val.

Oui, mort sans nous rendre notre ami, notre bienfaiteur, notre père... Oh! si nous n'avons pu nous venger sur lui vivant, nous nous vengerons sur ce cadavre.

GENS du peuple, se précipitant sur Saint-Val.

Oui, oui, il est à nous.

JULES, les écartant, avec autorité.

Arrière tous!.. (Avec délire.) Oh! je le ranimerai pour qu'il me rende mon père! (Il se penche vers Saint-Val et met la main sur sa poitrine.) Attendez, j'ai senti un battement de son cœur! il vit encore!.. Oh! tout mon sang pour une parole de cet homme.

LOUISE, tombant à genoux.

Mon Dieu! faites qu'il puisse prononcer un mot encore... (A son fils.) Eh bien?

JULES, d'un ton sombre, et avec une sorte de rage.

Écartez-vous, qu'il respire! ces vêtemens l'étouffent... Plus rien... (Il entr'ouvre les vêtemens de Saint-Val; un paquet cacheté en tombe.) Ce papier... Il m'avait parlé d'un ordre secret qu'on devait exécuter si le peuple était vainqueur... Quelle idée!... Mon Dieu! faites qu'il se soit pris à son horrible piège. (Il ouvre précipitamment le papier.) « Le porteur de cet ordre se rendra à la tour de la » Bazinière; il soulèvera la cinquième dalle de la » salle basse... il suivra un escalier qui le mènera » à un cachot secret... une mine y est préparée » pour se défaire du prisonnier. » (Il se jette dans les bras de Mme de Beaumont.)

TOUS.

Ah! sauvé! Courons... courons!

(En ce moment le mur du fond, qui était déjà ébranlé par des coups répétés, s'écroule. On voit la grande cour de la Bastille. Murailles, pont-levis, foule de soldats, de citoyens armés, de femmes, d'enfans. On découvre, par la grande porte ouverte, la place hérissée de canons et couverte de peuple. Cris de vive la liberté! Ce tableau est éclairé par l'ardent soleil de juillet. Prevot de Beaumont paraît pâle, brisé, cadavre vivant, appuyé d'un côté sur sa femme, de l'autre, sur son fils. Boyrel est à leur côté. Prevot ne peut parler; il serre convulsivement les mains de son fils et de sa femme qui l'étreignent avec amour.)

VOIX DU PEUPLE, qui l'entoure.

En triomphe!... en triomphe!

BOYREL.

Mes amis... ne l'entourez pas... il a besoin d'air.. Il vivra, nous l'espérons... Silence, il va parler!

PREVOT, parlant avec peine.

Ce peuple, qui a conquis son indépendance, est-il délivré de la faim?

BOYREL.

Pas encore... mais il sait où est le Pacte de famine... et il ira le déchirer.

PREVOT.

Oh! mes amis, mes frères! . . . . Le rêve de toute m.... ie se réalise... le peuple aura du pain! Die.... ni, qui associe ma délivrance à celle d'un.... tion!... Dieu soit béni, qui a fait desce.... que dans mon cachot, les premières raci.... de cet arbre de liberté qui va se lever sur le monde.

(Cris de : Vive Beaumont! Vive la liberté!)

FIN DU PACTE DE FAMINE.

Paris. — Imprimerie Dondey-Dupré et Cie, rue Coq-Heron. 3.